紫图图书 出品

# 给外卖员
# 的十一课

[印]奇坦·巴哈特 著

梁颂宇 译

# 11 RULES FOR LIFE
## SECRETS TO LEVEL UP

# 目录
Contents

前言…………1
我和佐马托外卖送餐员的故事…………5
预热：现实世界如何运作…………21

**第 1 课**…………37
不要忽视健康

**第 2 课**…………69
控制情绪

**第 3 课**…………83
把自己放在首位

**第 4 课**…………94
掌握简单的英语

**第 5 课**…………108
拒绝廉价多巴胺

第 **6** 课 ············126
迎难而上

第 **7** 课 ············135
吃掉"大象"

第 **8** 课 ············154
成为"蟑螂"

第 **9** 课 ············175
学会构建人脉

第 **10** 课 ············193
"是我的错"

第 **11** 课 ············210
挣钱、存钱和投资

结语 ············227
五年之后 ············231
致谢词 ············236
参考文献 ············239
声明 ············240

## INTRODUCTION
## 前言

我依然记得2014年的那一天。那时我正在班德拉一带漫步，我在孟买的住所正位于此处。我路过格洛布斯影院。那时，《求爱双城记》——一部根据我同名小说改编的电影——正在那里上映。这部电影引起了轰动，是继《三傻大闹宝莱坞》和《断线人生》之后，我所著作品第三部被搬上银幕。印度有五千多家影院在放映《求爱双城记》，这部电影讲述的正是一个不经意间浮现在我脑海里的故事。印度最知名的电影明星耗时多年，塑造出我笔下的人物；导演与剧组其他成员也夜以继日地工作，让我书写的故事变成鲜活的银幕作品。

我继续漫步，经过一家书店。我的多本书已经登上畅销书排行榜，并在榜单上停留了好几年。自我的处女作出版以来，已过去10年。专家们说出版业已大不如前。而我的下一本书——《半个女友》即将面世。当时崛起的网络书商Flipkart买下了《印度时报》的整个头版，为我的新书投放广告——广告费用高达2000万卢比！在印度，从未有人为一本书的宣传投入如此巨额的预算。

对于一个作家来说，我所做的一切几乎都可谓前所未有。我为《印度时报》撰写专栏，探讨国内议题；我为一些品牌代言，应邀出现在电视节目中，也有机会参与市场营销的合作。在印度，如果某位作家的书能卖出几千本，已属幸运；而我的作品销量以百万计。《时代》周刊曾将我列为"全球最具影响力100人"之一。我获得了难以想象的巨大成功。我有一个苦涩的童年，在逆境中成长。在印度这样一个成功极为罕见的国度，人们会说我已经"出人头地"了。

那时的我，声望与成就已达巅峰，内心也充满自信。但这些到底是怎么实现的，当时的我并未完全明了。如今10年过去，志得意满的情绪早已平复，我终于有机会回望自己的人生。我活在这世上已近50年，有许多人生经历可供我回顾与研究。我也曾与无数成就非凡的人士交流过，他们包括工程师、银行家、教授、电影明星、作家、传媒中坚、出版巨头、政治家，以及首席执行官、企业家、初创公司创始人，乃至亿万富翁。我观察他们，也反思自己。我终于有时间体会，哪些方式在现实中行得通，哪些注定失败。这本书就是我对这一切的回馈——一次向你分享智慧与洞见的尝试。

这本书，不是你在手机上随手划过的快餐式励志短视频，而是我将一生经验提炼之后的精华。

如今，大多数印度人已经不再阅读。他们沉迷于各类电子产品，从早到晚都沉迷于网络中那些不需动脑的内容。当你拿起这本书时，你已经超越了他们。我唯一的请求是，请认真看待我在书中说的话（但也别太过严肃——别皱着眉头面对人生，我的读者绝不会是那样的人）。如果你愿意，这本书中所蕴含的力量可能会改变你的一生。只要你愿意将所学应用到生活中，读完后采取实际行动，做出改变——我希望你表现卓越，希望你非常幸福。这是我写作此书的唯一目的。

我已经成功，还会继续前进。但如今，真正带给我喜悦的，是分享知识、运用写作技巧与名气，向你传递我的话语，助你成长。我希望你过上美好的生活，成就最好的自我，在某一天赢得属于自己的巨大成功；我希望你跻身社会的顶层，成为世界上最幸福的人。

实现这些目标并不容易，但也并非不可能。我做到了，你也可以做到。你所需要的，是放弃一些旧观念，接纳一些新的理念。你必须意识到，人生并不等同于你在学校学到的那套，也不同于你父母在餐桌上给予的善意劝导。这个世界，大多数时候不是一个滋养你成长的地方，不是一个温暖、舒适、充满爱的地方，也不是一个会无条件支持你的地方。年幼时面对的只是父母为你构筑的安全世界。一旦你成年，迎接你的，就是这个残酷而现实的世界。而与世界上其他地方相比，印度的竞争更加激烈，因此想要成功，也更加困难。

想要成功，需要满足两个条件：第一，努力奋斗；第二，掌握一些你在学校、大学或家庭中学不到的人生秘诀。

那么，让我们一起做个约定吧。如果你已经准备好奋斗，那我就将这 11 条秘诀毫无保留地告诉你。

说好了？太棒了！那我们就开始吧！

欢迎阅读《给外卖员的十一课》！

# 我和佐马托
# 外卖送餐员的故事

我在佐马托[1]下的外卖订单已经迟到了 30 分钟。我查看手机 App 上的送货进度，只见那个代表外卖员的自行车小图标在离我家一公里处停了下来，一动不动。我要的那一小碗美味就在送餐员那里。我给他打了两次电话，都是忙音。老天爷！我可真是饿得慌！

我告诉自己不要发火，那不过是一份迟到的红腰豆盖浇饭。我只需要坐在沙发上等着就行。有人帮我煮好了饭菜，还帮我打包；而另一个人把这份饭菜放在背包里，骑着自行车给我送过来。假如是几千年前，我想要找点吃的还得走进森林里，勇敢地面对野生动物。如果我运气好，我能找到一些野果，或猎杀一只小动物。今天在班德拉的大街上你既找不到野果，也找不到可供猎取的动物。眼下为我代劳的是手机 App。我的手机告诉我订单

---

[1] 佐马托（Zomato），印度的一家线上餐饮服务平台，提供餐厅信息以及点餐和食品配送服务。——译注（本书除特别说明之外，注释皆为译注）

将在几分钟后送达，我要做的只是放轻松，等外卖送到。

可我发现很难放轻松。一碗热气腾腾的红腰豆盖浇饭——这形象不停浮现在我脑海中。我的外卖在哪里？早该送到了！我在心里尖叫。我本该为这些现代科技而感恩，为自己比从事狩猎和采集活动的祖先过得好而感恩。然而，饥饿磨灭了我心中的感恩之情。

门铃响了，我冲去开门。一个男人站在我面前。他年近30，皮肤黝黑，一件很不合身的红色T恤紧紧裹着他的水桶腰，T恤上印着佐马托的标志。他的脸上和头发上都挂满汗珠。他放下一个巨大的黑色背包，从里面取出我的外卖。他喘着粗气，尽力平复自己的呼吸。

"抱歉，实在抱歉，先生，"他上气不接下气，话音中透着真诚和惶恐，"我的自行车坏了。"

我朝他微微点下头。我从他手中接过外卖——甚至可说是一把夺过来，就如同一个饿了三天的石器时代原始人终于发现了一个苹果。我心想当着他的面就吃起来会不会显得无礼。

"请不要给我打差评。"他双掌交握。

"什么？不，不会的，"我说，"到底怎么回事？系统显示你就定在那里，一动不动。"

"呃……车胎漏气。"他说。

"哦，那你最后是怎么解决的？"

"我把自行车推到一个维修站，在那里补好车胎，然后再骑过来,所以才来晚了。"

"当真?可是 App 显示你的位置一直没变。"我用怀疑的目光扫他一眼。

他一言不发。

"我给你打了两次电话,可你的电话都占线。你确定是自行车故障造成的?"

他盯着地板,仿佛耻于将真实情况告诉我。

"不管怎么说,"我说,"我拿到外卖了,没事了,不会给你打低分或差评的。"我对他露出微笑。

"谢谢您,先生!"看得出来,他松了一口气,"再次向您道歉。"

"要喝点水吗?"我问道。

他点点头。我走进厨房,拿了一杯水之后走回来。他站在那里,盯着自己的手机,眼泪沿着他的脸庞流下。

"你还好吧?"我说着把水递给他。

他点点头,平复一下情绪,将手机放回口袋里,喝了一口水。

"你叫什么名字?"

"维拉杰,维拉杰·舒克拉,先生。怎么?您不是要投诉我吧,先生?求您别这样!我会丢掉这份工作的。"

"不会的,只是你看起来很不开心,我只想确认你还好。"

"还好,"他叹了口气,过了一会儿,又说:"其实一点都不好，先生。"

他抿紧嘴唇，以免自己再哭出来。

我看看时间——下午两点半。我和一个客户约好了，在三点进行一次视频会面。

"你还要送其他外卖吗？"我问道。

他摇摇头。

"午餐时间已经结束，现在没什么外卖单了。要等到傍晚才会有单接。"他说。

"你打算告诉我发生了什么事吗？"

他看着我，一脸惊诧和茫然。

"你是因为什么事情而难过？"我把门开得更大，好让他进来。

"您对我的事感兴趣吗，先生？您说的是真的？"

"没错，我还有半小时的时间，我得吃午饭，不过……"

"吃吧，先生，吃吧，我已经来迟了。"

"你吃过午饭了吗？"

他摇摇头。

"好吧，我们一起吃吧。"

他目瞪口呆。不过他还没来得及开口拒绝，我就示意他赶紧进来，并且麻利地从厨房取来餐盘和餐具。

我在餐桌前坐下，打开外卖盒。

"来吧，维拉杰，请坐。"

"先生，我怎么能吃您的东西呢？我怎么能和您坐在一起呢？"

"为什么不能？伙计，我想听听你的事，可我很饿。我可不能让你在一旁说话，而我自己一个人吃。所以，请用吧。"

我示意他坐在我面前的椅子上。他犹犹豫豫地坐下来。我舀了一些红腰豆盖浇饭，放在他的餐盘上。

"从来没有人这样待我，先生。"维拉杰说。

"没事啦，有人做伴挺好的。"

"谢谢。"他面露微笑。

"吃吧，我可饿坏了。"我将勺子深深插入盖浇饭中，一勺接一勺地往嘴里送。

我们坐着吃饭，一言不发。过了好一会儿他才再次开口："我的自行车并没有出故障，先生。"

"我知道。"

"当真？"

"是啊，你正在打电话。就是因为这个你才心烦意乱，是吧？"

"没错，先生。"

"到底怎么回事？"

"我的女朋友甩了我。"

"哦。"我略微放宽心——还好不是有人去世。

"她是我一生的挚爱，对我来说她就是一切。"

"好吧。"我说着话，舀起一勺红腰豆盖浇饭——眼下这才是我的挚爱。

"过去这 8 年来，阿琵塔一直都是我的女朋友。"

"我明白了，所以你在给她打电话？"

"没错。上周我给她打了 20 次电话，刚才她终于接了。"

"20 次？"

"可能不止，30 次，或者 40 次。机不可失，时不再来，这是我让她回心转意的最后机会了。"

"可是没有用，对吧？"

他摇摇头，垂下目光，看着餐盘。他眼中再次泛起泪光，他开始哭泣。

眼前这个成年男子身材肥硕，穿着紧绷绷的亮红色 T 恤。看到这样一个人在你面前哭泣还真是怪怪的，我递给他一张纸巾。

"抱歉。"他说。他再次努力平复情绪。

"天涯何处无芳草。"我说。

"告诉您吧，我读过研究生，还拿到了硕士学位……大多数外卖员的学历都没我高。"

"什么专业？"

"历史学，先生。"

"叫我奇坦好了。"

"好吧，先生……我是说奇坦，先生。"

"你多大了，维拉杰？"

"29。"

"嗯……你的人生目标是什么？"

"什么人生？我的人生已经完了，阿琵塔离开我，而我打着这份工，随时可能失业。我没有人生目标。如果明天我遭遇车祸死掉了，那就好了。或许那是最好的。"

我震惊地看着他。

他狼吞虎咽地吃下几勺红腰豆盖浇饭，只想着快点吃完。

"你刚29岁，就想轻生？"我问道。

"活着还有什么意义呢，先生？您根本不了解我的生活。您有这样一栋漂亮的房子，您是一个有名的作家。您过着美好的生活，有名气，有钱，还能获得旁人的尊重。显然，您不理解为什么有的人要轻生。您的人生如此美妙，而我的人生却如此糟糕。没错，死亡不是什么重大损失，而是解脱。"

"别说这话。"

"这是实话。我每天骑行12个小时，在拥堵的交通中穿梭。我去餐厅取来三明治和奶昔外卖，送到客户门前，满足他们对食物的渴望。这就是我的工作。昨天，我骑了40分钟的自行车，为客户送去两份帕安[1]。你相信吗，奇坦先生？我在交通高峰期骑行了10公里，只为了送两份帕安？那个客户当着我的面就吃光了，只用了5秒钟！"

---

[1] 帕安：一种印度食品，用槟榔叶包裹槟榔果和香料制成，常作为零食。

我面露苦笑。在吃完红腰豆盖浇饭之后,来一份帕安也很不错,我心想。为此我在心里责备自己,然后集中注意力听维拉杰说话。

"然后我骑回来,取了另一份外卖,又骑行一个小时,送给另一位客户。这就是我的生活,日复一日,天天如此。我背痛、头疼。"

"那你为什么不另找一份工作?"

"我也想啊,可我急需一份工作,而眼下我能找到的只有这份工作。"

"好吧。"

"我没有钱,一分钱都没有。而打这份工还能挣点钱。"

"送外卖也没什么不好,你也明白这一点,对吧?"我说,"这也是一份能维持生计的体面工作。"

"对。"他回答。可看样子他并不信服。

"问题在于:对你来说这就够了吗?"

"什么意思?"维拉杰一脸茫然。

"你的薪水是多少?"

"看情况,大概是每个月 1.8 万卢比。"

"够用吗?"

"不够,这里可是孟买。我在贫民窟租了间房,光是租金就花了我 8000 卢比。我要买吃的,还要买其他生活物资,到了月底就一点钱都不剩了。"

"你老家是哪里？"

"亚瓦特马尔县，在马哈拉施特拉邦。"

"我知道那个地方。你父母还在那里？"

"没错。"

"你女朋友也是那里人？"

"对，不过她到孟买来了，来上航空公司的培训课。我以为她到这个大城市来是为了我，可是……"这句话他只说了一半就沉默了。

"可是什么？"

"可是她在孟买遇到另一个人，然后她就为那个人离开了我，把我们8年的感情抛到一边。"

"抛到一边？"

"好吧，我也知道自己没找到好职业，没有美好的未来，而那个家伙则相反。"

"哪个家伙？"

"她的新男友。我只在她的 INS[1] 主页上看到过他的照片，就见过一次。她发了一个帖子，里面有他们俩坐在他车里的照片。"

"好吧，这么说他有车。"

"没错，还是一辆宝马。"

---

1　INS：全称 Instagram，国外社交媒体平台，可发照片和短视频，也译为"照片墙"。本书则统一缩写为 INS。

"你有车吗?"

"您为什么要拿我寻开心呢,先生?我当然没车,我怎么可能有车?"

"那他怎么可能有车?"

"谁?"

"就是阿琵塔的新男友。"

"我不知道,先生。阿琵塔说他在银行之类的地方工作,拿着高薪。"

"而你不如他。"

"的确如此,先生。"

"那为什么会这样呢?"

"这得看运气,先生。每个人的命数不同。"

"是吗?每个人都有自己的命数,是这样吗?说不定某一天有人给你打电话,问你'要不要来点好命数?'你觉得会这样吗?"

他抬眼看看我。为了回避这个问题,他扯扯紧绷绷的T恤。

"我应该穿大一号的。"他回避我的目光。

我微微一笑。

"我知道您在想什么,您觉得我是个大胖子。"维拉杰说着摸摸脖子。

"我可什么都没说。"我说。

"我身高 5 英尺 7 英寸[1]，体重 86 公斤。我也知道自己很胖。这些肥肉都是在去年一年内长出来的。"

"没事啦。阿琵塔的新男友也是个胖子吗？"

"不，他很瘦。老实说他身材很好。"

"为什么会这样？又是命数造成的？"

"我没有时间锻炼，也没有时间做健康的饭菜，先生。等我忙完一天，我能弄到什么就吃什么，瓦达三明治、咖喱角……随便什么，我没的选。"

我不再说话。

"您不知道我对阿琵塔的爱有多深，那个家伙爱她肯定不如我爱得深。"

"然而阿琵塔认为和他在一起能拥有更美好的未来——这点你也承认，对吧？"

"女孩子总是这样的。"

"是吗？这么说你之所以没能找到一份高薪工作是因为你命数不对；而你没有健康的饮食又是这份工作造成的；而你现在之所以饱尝心碎之痛，又是因为女孩子天性如此？"

"什么？"他看上去大为震惊。

我看看表——还有不到 5 分钟视频会面就要开始了。

"我还有事。"我说，"不管怎样，反正你没错，所以你什么

---

1 约一米七零。

也不用做。而我说的这些都毫无意义。"

"不，先生，请继续说下去吧。我知道您快要说到点子上了，我想听听。"

"我想要说的是逆耳忠言。这些话可能会伤害你，冒犯你。虽然现在你觉得自己的人生已经是一团糟了，可听了之后你会发觉自己的人生更加不堪，并为此而责怪我。"

"伤害？冒犯？不，不会的。我没事，请您说下去吧，先生。"

"今天不行，我还有事。"我说着站起来，"这样吧，明天午餐时分我完成每日写作任务之后还会叫外卖。大概在中午一点时你接我的单，能做到吗？"

"能，如果您告诉我确切时间，我就做好准备，等着抢单。"

"好。到时候你把我的外卖送来，我告诉你必须知道的人生真相，就这么说定了？"

"说定了，先生。我会告诉这个区的外卖员，让他们不要接您这个地址的外卖单。就这么说定了。"

"还有，无论发生什么事，不要给阿琵塔打电话，也不要给她发短信。"

"什么？好吧，我不会这么做的。明天见。"说罢他离开了。

"今天很准时啊。"我说。

维拉杰准时把我的午餐外卖送到了。我接过外卖,取出买印度薄饼附赠的佐料——一碗信德风味的咖喱。我叫的是信德餐厅的外卖,信德风味的食品是那家店的特色。这种黏糊糊的酸咖喱是那家店大厨的拿手绝活,以西红柿为主料,辅以秋葵、玉米笋和鼓槌菜等多种蔬菜炮制而成。看起来很赏心悦目,闻起来也很香。

我又一次提议和维拉杰一起吃,可他拒绝了。

"我已经吃过了,吃得很饱。"他说。

"好吧,那我晚些时候再吃。"我把外卖放到一边。

"把今日份的人生真相告诉我吧。"维拉杰说。

"好。你有没有给阿琵塔打电话,有没有给她发短信?"

"没有,我是很想,可我没那么做。我答应过您的。"

"你有没有查看她的 INS 动态?"

"有,"他避开我的目光,"我很喜欢看。"

"哦,天啊!"

"抱歉,我实在太想她了,她就是我的生命。"

"你知道为什么会这样吗?"

"因为我爱她?"

"不，因为你只有她，而没有自己的人生。当然了，不是说离了她你就没命了，你还活着。可她是你人生中仅有的美好。这就是为什么你会因为失去她而感到痛苦，非常痛苦。"

"您怎么能这么说呢，先生？"

"你不同意？"

"我说不好，先生。只是这话挺伤人的。我不知道自己的人生为什么会变成这样。我做了所有正确的事，至少我尽力了。"

"你做了什么正确的事？"

"就照着我父母说的做。他们鼓励我努力奋斗，做个好人，尊敬他人，体贴他人。他们总是说好人有好报，而我也尽力这样做。"

"然后呢？"

"没有用。看看我过的日子。我没有一分钱存款，还欠着朋友4万卢比。我没有女朋友，没有前途。"

"你才29岁，为什么就说自己没有前途呢？"

"别拿我寻开心了，奇坦先生。我知道自己没前途，我只是个外卖送餐员。像我这个年龄的人要么是软件程序员或律师，要么是注册会计师或医生。而我永远也做不到，这就是我的命数。"

"又是命数？"

"没错。您不相信命数，可就是这么回事。就是运气不好。在学校里，我和其他所有人一样学习。在十年级的时候，我没有专心学习，得了低分。我选择了文科，读历史专业，读到本科毕业。他们说光是本科还不够，于是我又读了研究生，拿到了硕士学位。然后我离开学校，却找不到工作。我找了整整一年，最后成了外卖送餐员。"

"好吧，我们今天就谈谈这个。"

"谈什么？"

"所谓'正确的事'，还有命数。"

"怎么了？"

"那是一派胡言。我是说你的想法，或者说你和成百上千万的印度年轻人被灌输的想法。"

"我的想法？"

"你根本没有想法，是别人让你这么想的。"

"是谁？"

"社会阶层在你之上的人。他们想要你为他们打工。"

"我能独立思考。"

"不，你不能。你的大脑被催眠了，被搅糊涂了。而且不只是你，像你这样的人数以百万计——底层阶级、劳工、打工人。"

"什么？"

"我会详细说的。做好准备听今天的课了吗？"

"准备好了。"

"好。接下来的几次会面，我会告诉你我总结出来的人生秘密规则。"

"秘密规则？人生还有秘密规则？"

"当然。可是在此之前，你必须了解现实世界如何运作——这一点很重要。"

"什么意思？"

"你读书的时候，他们有没有告诉你现实世界如何运作？"

"没有……我是说……我觉得没有。"

"当然没有，因为他们不想让你知道。不过现在是时候了解一下了。"

# 预热：现实世界如何运作

> 无人帮你，无人救你。
> ——大卫·戈金斯[1]

孩提时期，我们第一眼看到的世界便是自己的家。在我们年龄尚小之时，家便是整个宇宙。我们根据家人的所作所为，对他人的好坏和行事方式形成自己的观点。然而，我们并没有意识到身为孩子，我们获得了超乎寻常的关注和照料，而这样的待遇在外面的世界可是享受不到的。当你饿了，你要做的只是哇哇啼哭，你的母亲就会为你送来食物。她会喂你吃，让你保持整洁。你只需吃完自己的午餐就能赢得她的亲吻和拥抱。当你开始学走路或学说话，家里的每个人都为此激动，为你欢呼。你感受到了关爱和支持，而这一切让你以为外面世界的人也会如此待你。

当你开始上学，最早几年也是在旁人的关爱和支持中度过。

---

[1] 大卫·戈金斯（David Goggins, 1975—）：美国著名超级马拉松运动员、励志演说家和作家。

你学算术，学唱儿歌，还要玩有趣的游戏，几乎感受不到任何压力。你在学校集会上唱歌，老师在课堂上讲故事。他们还向你灌输道德价值观——要做好人，要诚实正派，要与人为善。

当你渐渐长大，你学到更多的新东西。经过教导，你得知在生活中努力奋斗的人会得到回报。你对平等和公正有所了解，知道世上每个人都应该拥有平等的权利和机会。随着学业的推进，学习的难度也在增加。然而，如果你表现优异，所有人都会夸奖你。如果你在班上名列前茅，或是在运动会上赢得一项赛事，你就会获得一枚奖章。如此一来你也了解到何为英才教育。如果你表现得好，人们就会为你鼓掌，给予你支持和奖励。没有人会专门针对你。这个世界只是希望你能进步，能提升。

但是，对不起，这一切都是不真实的。当然，人们希望这些美好的价值观存在于世，许多人以为它们真的存在。他们眼中的世界就如同图一，仿佛是站在极高处俯视这个世界，因此看到的只是平面图。这个世界中的人，他们分布在社会中，平等、公平和公正也存在其中。因此，只要他们努力学习，考出好成绩，就能获得奖励，旁人就会给予他们爱和支持。

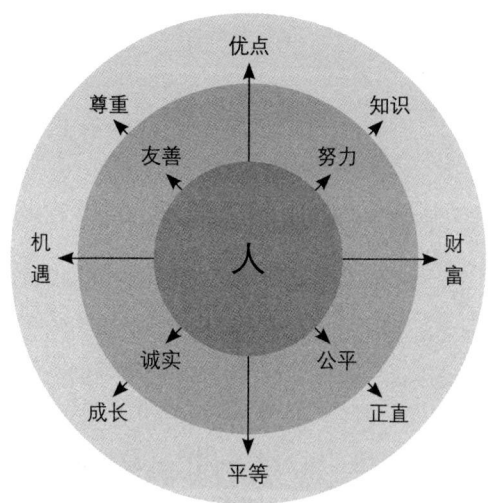

图一：俯视平面视角下的世界——一切均等均分，所有人都是正直公平的好人

然而和现实相比较，这样的世界只是扭曲的假象。事实上，就社会构建而言，世界并不是平面的。不要采用俯视平面视角看待世界，换成三维全景视角会更好。如此一来你就会意识到这个世界更像是一座三维的大山。一切均等均分的平面视图有一个重大缺陷——它忽略了阶层和等级体系。这个世界如同一座由不同等级构成的大山。为了清楚地阐明这一点，我将这些等级简化为三大层。请把这个世界想象成一座三叠山，就像一个三层婚礼大蛋糕，如图二所示：

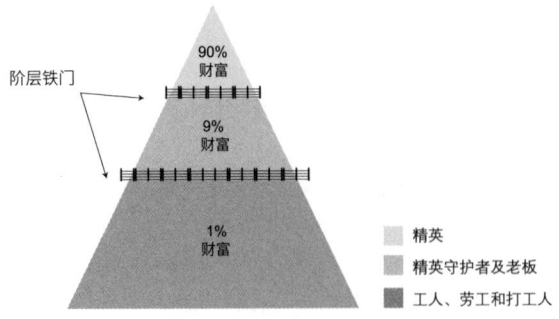

图二：组成世界的三个阶层

请仔细看图二。现实中的世界建构就是这样的，只不过没人告诉你罢了。在阶层等级系统中，人们被划分为三个阶层。接下来我将逐一详细解释。

## 第一阶层：精英阶层

最顶层的是第一阶层，即精英阶层——处于这一阶层的人或是有钱，或是有权，或是有名，又或是兼有其中两者，甚或三者兼而有之。这一层级包括企业家、政治家、媒体巨头、电影制片人和导演、电影明星、运动明星、基金经理、投资者、首席执行官、首席财务官和各个行业的顶尖人物。就人数而言，他们在三个阶层中占比是最小的，大众媒体通常称之为"1%的顶层"，意即这一阶层仅占全世界人口约1%。我不知道确切的数字，1%只是根据现有资料的粗略估算。然而，这群人的影响力最大，世界上几乎所有大事都受他们掌控。

我并非阴谋论者。我并不是说这1%的精英串通密谋，计划如何欺压世界上其他人。事实并非如此。全世界有80亿人，1%的人口也有8000万——这依然是一个庞大的数字。这8000万人不可能都串通起来，密谋对付世上其他人。然而，从整体上看，这1%的人的确掌控了世界上绝大部分的资源，包括金钱和权力。和其他人一样，他们会基于自身利益最大化而做出决定。因此，他们毫无例外地运用所有可以动用的资源，优先为自己服务。当然了，他们会做得风光体面，还会打着冠冕堂皇的旗号。他们中有的人会说自己是为了帮助整个世界，又或是为了实现平等。仅有1%的人占据顶层——这本身就是不平等的体现，不过显而易见，这些人对此颇为满意。（假如不平等能带来好处，受益者不会认为不平等并非正道。）

我并不是要批判这些人。有人会说我也属于这一阶层——这也是实话。然而，我曾经是你们中的一员，我希望你们也能挤进这一阶层。我写作这本书就是为了帮助你跻身这1%的精英阶层。如果你并非这一阶层的人，想要跃升至此阶层难如登天，然而并非绝无可能。想要实现这一目标非常困难，因为"阶层铁门"横亘在前行的路上，设下准入障碍，阻止处于下层的人们向上攀爬登顶。精英阶层不仅被阶层铁门保护着，另一个阶层也在守护着他们。这就是第二阶层——我称之为"精英守护者"。

## 第二阶层：精英阶层的服务者、保护者和打工人管理者

第二阶层的人守护着精英阶层，为他们服务，为他们工作。这一阶层约占总人口的9%（再次声明，我没找到确切的数字，这只是我的粗略估算）。第二阶层依然是少数，不过比第一阶层的人数多得多。

第二阶层（精英守护者）包括白领阶层、律师、医生、工程师、银行业从业者、会计师、某些政府高级雇员、销售经理，以及在跨国公司或类似机构工作的高级职员。他们属于中上阶层，这一阶层的人如果锱铢必较地节省钱财，他们积攒的财富或许能勉强达到第一阶层的最低水平。他们就相当于法国大革命中的资产阶级——人数不多，也不是顶层精英，但依然拥有很大的影响力。这些人受精英阶层雇用，为他们经营公司和工厂，为他们提供医疗服务，为他们记账算账，或以多种其他形式为他们服务。同时，精英守护者还要履行一项关键职能——驾驭下一阶层，即由工人、劳工和打工人组成的第三阶层。第三阶层的人数在世界总人口中占比最大，比以上两个阶层的人数加起来要多得多。如果没有人有效地约束这一阶层，那么世界就会陷入动荡之中。他们会颠覆精英阶层，夺回控制权。

事实上，在世界历史上，在某些社会经济革命过程中已经发生过类似的事。然而，大多数时候，第二阶层会约束第三阶层，确保他们规规矩矩。第三阶层扮演着工人、劳工和打工人的

角色，而精英守护者阶层则要确保这个阶层分级体系顺利运行下去。阶层和阶层之间横亘着"阶层铁门"，阻止人们实现阶层跃升，阻止他们跻身更高阶层。第二阶层进一步确保阶层跃升鲜有成功，尤其要防止第三阶层的人跃升。例如，某些精英守护者阶层的人在跨国公司担任管理工作，他们在招收新员工时会确保只有同一阶层的人才被招进来。同一阶层的人会把孩子送到特定的大学去读书，因此他们招人的时候只会考虑这些大学的毕业生。他们不会轻易允许属于第三阶层的打工者成为他们中的一员。出于本能，他们决不允许下一阶层的人轻而易举地实现跃升。

## 第三阶层：劳工、工人和打工人

这是人口占比最大的阶层，大概占了总人口的90%。在印度，社会底层的存在状况尤为触目惊心。这一阶层的收入水平较低，即使在同一阶层中收入也有很大差别。这一阶层包括穷人、中下阶级和中产阶级。在金钱方面，属于这一阶层的人总是捉襟见肘。在这个阶层中，一个人能达到的最高目标就是成为中产阶级。而在印度这个人均收入相对较低的国家，中产阶级收入并不意味着特别高的生活水准。

维持国家正常运转要做的绝大部分工作都落到第三阶层的身上。这一阶层的人从薪水最低的工作做起——以日计酬的劳工、家政工人、看门人、路边摊小贩，等等。这一阶层还包括职员、外卖送餐员、超市商铺的推销员、侍应生、酒店员工、工厂工人、司机、厨师、接待员、清洁工、帮你安装家庭 Wi-Fi 的工人、手机维修店的员工以及类似职业的从业者。这一阶层的人挣到的钱仅能糊口。一旦出现紧急开支——例如意想不到的大笔医疗支出，他们就会背上债务。即使他们尽力节衣缩食也无法积攒到一笔可观的财富或不动产。他们无法承担孩子的昂贵的教育费用，因此他们终此一生都困于这个阶层，他们的下一代也是如此。对于第三阶层而言，横亘在跃升道路上的阶层铁门尤为坚固，难以逾越。在下一部分我们将详细讨论阶层铁门。

## 阶层铁门

　　阶层铁门确保阶层分级体系稳固不动摇。在阶层跃升道路上横亘着多道准入壁垒，使得阶层跃升几乎不可能成功。当然，在印度偶尔也会出现阶层跃升成功的事例。而此类事件真正发生时会被视为难得一见之事，而成功跨越阶层的人也会被视为凡人英雄。然而，大多数人都只得认命，困于自己的阶层，从不去尝试冲破阶层铁门。图三显示了阶层铁门的构成，罗列了为何阶层跃升难以实现的现实原因。

第一阶层

人脉、努力、运气或上天赐予的才华和创造力

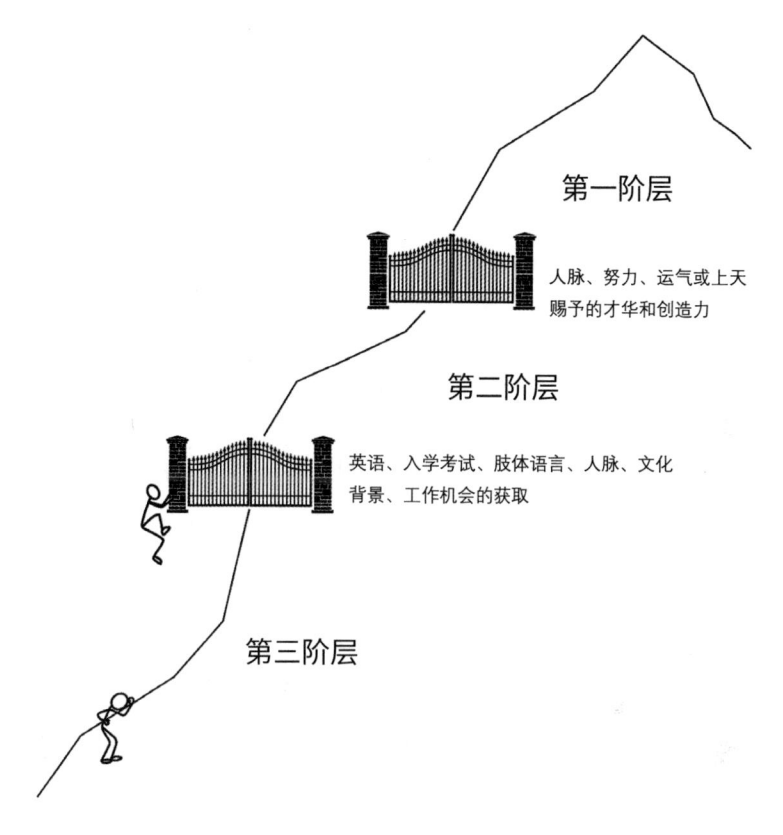

第二阶层

英语、入学考试、肢体语言、人脉、文化背景、工作机会的获取

第三阶层

图三：阶层铁门——阻止阶层跃升的障碍

例如，从第三阶层跃升至第二阶层的一大障碍是英语。在印度，如果你英语说得不好，旁人就会认为你属于第三阶层，你也注定被困在这一阶层。当然了，如果你已经跻身于第一阶层，这条规则并不适用。假如一个人能流利地说印度语但英语水平很差，可这个人恰好是大权在握的政治家或成功的体育界人士，旁

人就不会对此说三道四。英语只是阻止阶层跃升的一道障碍，是阶层铁门上的一道锁。另一障碍是竞争极其激烈的入学考试。要通过这些考试，你需要付出卓绝的努力。而一旦你通过了考试，你就有机会实现阶层跃升。然而，只有少数人能通过考试。其余的人被拒之门外，而此前为了应付这场高难度的考试，他们的资源和精力已经被耗尽。

同样，肢体语言、文化背景、人脉和工作机会的获取——所有这些铸就阶层铁门的常见原料，将底层人士拒于门外，使其无法获得更好的工作和机会。例如，跨国公司的职位需要通过人脉方可获得，而一个外卖员不可能有这样的人脉，他的机会自然因此受限。旁人仅凭他的肢体语言就能判断他属于哪个阶层，他能获取的机遇自然也会受限。

阶层铁门同样存在于第二阶层和第一阶层之间。只有极少数人能冲破这道铁门，实现阶层大跃升，跻身第一阶层。要实现这一目标需要顶层人脉，需要超乎寻常的卓绝努力，还需要一点运气或上天赐予的才华和创造力。大多数情况下，第一阶层的人不希望有外人加入，他们希望能进入这人数极少的"1%顶层"的只有他们和他们的孩子，而他们的孩子自然就是下一代精英阶层。

## 你的目标：跨越阶层，实现阶层跃升

你不能选择自己出生的阶层——无论是第一、第二还是第三阶层。而社会如此构建的目的就是让你终此一生都困于同一阶层。大多数人为满足基本的生存条件而挣扎。他们身陷其中，而跨越阶层的障碍难以逾越，他们只得认命。

然而，在现在这个时代，科技已让现实发生了些许改变。今天，无论你处于哪个阶层，你都能通过社交媒体看到更高阶层的人过着什么样的生活。你知道这个国家有钱、有名、有影响力的人去哪里度假，知道他们开什么车，知道他们吃什么，知道他们住什么样的房子。对大多数人来说，他们看这些不过是为了好玩。这是能满足人们窥探欲的娱乐，是间接体验他人生活的方式。大多数人知道他们永远也不可能去伦敦度假，不可能驾驶一辆奔驰越野车。然而，看看自己喜欢的电影明星过这样的生活是一件有意思的事。在接外卖单的间歇，一个外卖送餐员能在手机上看到他喜欢的女影星去马尔代夫度假。孟买当地一家公司的一个实习会计能看到她喜欢的男演员去奥地利的一家水疗中心疗养，而这是所有实习会计想都不敢想的。现实中他们一边为了生计苦苦挣扎，为上层阶层提供服务，一边观看他人的美妙生活。

现实世界就是这样运作的。如果你相信诸如平等、机会均等、"好人有好报"之类的

▌如果你相信诸如平等、机会均等、"好人有好报"之类的东西，你就是被愚弄了。你出生于某个阶层，就本该困于这个阶层。如果你试图向上攀爬，阶层铁门会让你碰得头破血流。◢

东西，你就是被愚弄了。你出生于某个阶层，就本该困于这个阶层。如果你试图向上攀爬，阶层铁门会让你碰得头破血流。你还会被踢下去，回到原点。这不公平，事实上这很不公平。现实世界不会支持你，只会戏弄你。

然而，现在你对此已经有所了解，你可以采取行动。你的眼界已经打开，你看到了那座三维的阶层大山。你看到了它的全貌，而不是平面俯视角下的扭曲假象。现在，你可以在山岩、裂隙和嶙峋的悬崖间找到一条路，趁旁人不注意慢慢往上攀爬。你将砸开阶层铁门，跨越障碍。你的人生使命就是攀爬这座阶层大山，直至登顶。

在印度有一个词叫 Aukaat，很难找到与之对应的准确翻译，其意思与"阶层"相近。成功意味着跨越 Aukaat，实现跃升。你也能跨越阶层，向上跃升，达到出乎意料的高度——甚至你自己都觉得难以想象的高度。你或许能登顶，或许不能。然而，如果你改变心态，致力于跨越阶层，有一点可以肯定——你将充分发挥自己的潜能，成就最好的自我。就算你做不到最好，你也能改善自己的境况，让自己的人生更有意义。

所有这一切如同一场历险。你要击败鲨鱼，跨越海洋，去往碧草如茵的宁静彼岸。这趟旅程充满了艰难险阻。然而，与其浪费生命，不如踏上这艰险的旅途。在前进的过程中你会遭受痛苦，但停滞不前、每况愈下的生活同样会给你带来痛苦。想要过好这一辈子很困难，但在失败中过完这一辈子也很困难。你可以选择承受何种痛苦,面对何种困难。

如果你选择奋斗前进,那么恭喜你!我将站在你这边。现在我将帮助你做好准备,打赢这场艰苦卓绝的战斗,赢得人生的奖赏。我将告诉你如何让自己的人生充满成功、喜悦

> 在前进的过程中你会遭受痛苦,但停滞不前、每况愈下的生活同样会给你带来痛苦。想要过好这一辈子很困难,但在失败中过完这一辈子也很困难。你可以选择承受何种痛苦,面对何种困难。

和幸福。在接下来的篇章中,我会告诉你我总结出来的有关成功和人生的 11 条秘密规则。如果你想要成功,你必须遵循这些规则。没有人告诉你这些秘密,因为没有人真正关心你,而我却不同。正是出于这一目的,我写了这本书。读完本书并有所领悟之后,你还要全身心投入,将这些规则运用到你的人生之中。

这本书不同于网上的无脑短视频,不同于 YouTube[1] 上一段热血的视频,也不同于网页帖子里的一段引言,请不要将此书和这些东西混为一谈。制作这些东西的时间以分钟计,而我活了 50 年才能写就这本书。如果你因为"没有时间"或"不擅阅读",只想读精简版或简短摘要,又或是只想读个标题,那就把书放下吧。现在就放下,继续过你那及时行乐的平庸人生吧。你必须全神贯注,奋斗深耕,方可获取人生重要之物。如果你尚未意识到

---

[1] YouTube: 国外一个视频分享网站。

这一点,你又如何能成功呢?我可以改变你的人生,给予你从旁人那里得不到的东西。我需要的只是你的关注和投入,可以吗?

······································

## 要点

- 你在家庭、学校中的成长环境与外面的世界完全不同。
- 以优点、平等、努力、真诚和公平竞争为基础的世界并不存在——你必须接受这一点。这是你沿着人生道路迈进的第一步。
- 这个世界运行的基础是阶层和等级体系,实现阶层跃升极其困难。
- 假如不平等能带来好处,受益者不会认为不平等并非正道。
- 如果想冲破阶层阻隔,你需要承受痛苦,努力奋斗。度过停滞而不幸的一生令人痛苦,你在前进的道路上也要忍受痛苦——你会选择哪种痛苦?

"你说的这些我很感兴趣，"维拉杰说，"我会毫无保留地投入其中。"

"好，你想要什么？"

"我想要跨越阶层。现在我处于第三阶层，我父亲也是一样。他是个工人，在工厂里工作，我爷爷也一样。"

"你能实现跃升。你准备好为之努力了吗？"

"我会尽力的，告诉我怎么做。从哪里开始？"

"我会告诉你的。不过等你明天给我送外卖时再说。"

我把维拉杰送到门口。

"可是……"

维拉杰还没来得及开口，我就微笑着补充道："明天我想吃中餐。金冠饭店怎么样？我想叫那里的外卖。"说罢我向他挥手道别。

他也挥挥手，可还是一脸茫然。

# 第1课：不要忽视健康

强健体魄不仅是保持身体健康的最关键要诀，
也是充满活力的创造性脑力活动的基础。
——约翰·F. 肯尼迪[1]

**无论你的人生目标是什么，健康总是第一位的。**

健康是大家都想拥有的好东西，但是正在为成功人生或成功职业生涯而奋斗的人通常不会把健康视为第一要务。你或许会纳闷：我正在为理工学院联合入学考试做准备，这时候锻炼二头肌有什么意义？我只是想找到一份体面的工作，增强心血管功能又有什么用？为什么要给出这样一条建议？

我以前也是这么想的，现在我为此感到惭愧。现在我明白这些想法不对。在大多数情况下，要想拥有幸福成功的人生，第一条规则就是关注你的身体健康。

---

[1] 约翰·F. 肯尼迪 (John F.kennedy, 1917—1963)：美国第35任总统（1961—1963年在任）。

## 我在健康方面犯下的错

我小时候一直都很胖。在那时候,人们管我叫"胖墩""肥仔",说我"胖嘟嘟的","长得很健壮"(在旁遮普语中"健壮"一词等同于"肥胖",这种用词法很不恰当)。我小时候人们总是说我长得"胖",这在某种程度上改变了我的性格,只是我当时没有意识到。当我被归入"小胖子"时,我的自信心也受到了影响。我不仅对自己的外貌缺乏自信,对自身能力也信心不足。在学校里,我避免参加体育活动,不过我打心眼里羡慕那些打篮球和曲棍球的同学。

不管怎样,当时我还是认命了。我对自己说:有的孩子就是长得胖,我不过是其中之一。我从没想过肥胖与否由我掌控,能通过锻炼和注意饮食来解决这一问题。

当时我将食物视为人生的一大乐趣。我在一个争执不休的家庭里长大,我父母之间的矛盾尤为激烈。我父亲对我极其严厉。我还要提到,有一件我此前没有真正提及的事——这事关我的一个邻居——一个比我大几岁的孩子,他曾对我进行性骚扰。在这糟糕的环境中,只有少数几样东西能让我感觉好受些,其中之一正是食物,尤其是美味的不健康食品。无论是香料硬豆咖喱还是牛奶糖,无论是哈尔瓦甜点还是加糖和奶油的烤面包片,无论是浓缩牛奶还是面包——只要我能弄到手,我都会大快朵颐。"反正我又不打算成为运动员,也不想成为那些擅长运动的孩子,我只是想读书"——我以此来说服自己。如果要我参加课外活动，我就会选那些和运动无关的项目。或许我提笔写作正是因为这个！

直到我读完大学步入职场，我依然秉持这样的观点。当时我在一家海外银行工作。在与朋友或同事们的合照中，我总是最胖的那个。然而我还是没有采取行动改变现状。过了很长一段时间我才意识到自己的错误。健康的缺席让我的身体和精神状态都受到损害，也削弱了我的幸福感。虽然我在其他很多方面都做得不错，然而我却不能尽情享受人生。健康对一个人的心智大有裨益，而这些益处本可以帮助我在人生中取得更大的成功，只是当时都与我无缘。

现在，我已经把健康摆在第一位。五年来，我按计划进行每一次锻炼，从不缺席。我跑步、举重，尽量吃健康食品，关注睡眠，控制压力。

任何事情都能等，唯有健康等不得。我并非完人，我也有松懈的时候，尤其是饮食方面——45年饮食无节制可不是轻而易举就能完全改变的。可我正努力做得更好。每天都坚持，每次前进一小步。我向你保证，你也能做到。

## 为什么要健身？

人们健身的动机不同，主要有三：为了变美，为了增强体力,为了提升精神力。接下来我们将逐一详细讨论。

## 为美而健身

人们健身的一大动机就是为了让自己变美。大多数人都希望拥有性感的六块腹肌,或者在照相时显得苗条。

这个理由很充分,然而我之所以把健康当成我的第一条人生秘密规则并不是因为这个。当然了,在生活中外貌的确重要。无论你做什么工作,如果你长得好看,你就会过得轻松一些。在一些与视觉相关的行业中——如模特行业和演艺行业,外貌尤为重要。在现实世界中,一个帅气的会计师或一个美貌的律师在职场上也有压过同行的优势。这公平吗?不公平。

> 在职场中,工作表现难道不是评判一个人的唯一标准吗?然而职场充斥着数目众多的人,而人向来就有所偏好,无法做到公正。

好看或有吸引力的人——从字面上看,意味着这类人能吸引他人更多的注意力,而旁人也很可能对这种人更为宽容。无论是参加求职面试还是在工作会议上表达自己的观点,无论是推销商品还是为自己的公司募集资金,美丽的外表的确有所助益。你的美貌会让他人的注意力多停留几秒,能让听众做出正面的回应,而你也可以对此加以利用,借此推销你自己或你的理念。

当然了，如果你徒有其表但没有内涵，你也走不远。假设你原本就有内涵，美丽的外貌会让你如虎添翼。

你无法改变外貌的某些方面——如五官、身高、头发等。不过在大多数情况下，你可以控制自己的体重。你还可以让自己的体格变得健壮匀称，而这能大大提升你的颜值。一个矮小肥胖的秃顶男子和一个矮小但身材好的秃顶男子——人们看待这两者的目光也会大不相同。如果你是女性，保持健康是提升颜值的最佳方法。为什么要健身？追求美这一理由已足够充分，然而接下来的两点却更为重要。

**为增强体力而健身**

拥有健康的体魄还意味着变得更强壮，拥有更强的力量和耐力，以及平衡力、柔韧性和灵活性。现在的我们不同于几万年前茹毛饮血的原始人，单纯的蛮力已经不是必不可少之物。在那时候，原始人要爬树摘果，为了打猎而追逐野生动物并和它们搏斗。他们要盖房子，要搜集稻草来保暖。现如今，我们有了遥控器和触摸屏，几乎做任何事情都不费吹灰之力。

这不意味着现在我们不需要体力了。我们还需要保留一定量的体力以应付日常生活，确保在过完一天之后不会精疲力竭。我们需要久坐和长时间学习的耐力。为了和客户会面或谈生意，我们不得不四处奔波；我们还要打理家务，照顾自身，维系家庭——所有这一切都需要体力和耐力。如果你没有一定量的体力，想要实现阶层跃升就更加艰难。

你能为了应付入学考试熬通宵吗？还是身体会不堪重负？为了推销商品，你能在不同城区的十家商店之间奔波，回家后还处理二十多封邮件和十几个电话吗？忙完这一切，你还能抽出时间陪家人、和孩子玩耍吗？如果你想生存，想成功，身体就必须能扛住。假如每天结束时你都精疲力竭，你又如何尽情享受生活？为了锻炼体力和耐力，健身至关重要。更强的体力和耐力不仅能提升你的免疫力，还能减少患心脏病、糖尿病和高血压等并发症的风险。

## 为提升精神力而健身

健身对人的心智也有所裨益，而这也是我将健康作为第一条秘密规则的原因。无数科学研究表明锻炼能改善人们的精神状态，降低压力和焦虑。此外，有规律的锻炼还能让你变得更加坚强，更好地面对这个世界。

> 锻炼需要动力、专注和自律，需要你屏蔽内心那个为自己找借口、让你放弃的声音。而这也是获得人生成功的必要条件。

健身不容易，活在这个世界上也不容易。健身包括锻炼和合理饮食。锻炼需要动力、专注和自律，需要你屏蔽内心那个为自己找借口、让你放弃的声音。而这也是获得人生成功的必要条件。你每次去健身房或去跑步,就是为了应对这个世界而进行额外的练习。把变美和增强体力看作健身的附加收益吧,提升精神力才是最重要的。

辛苦的体育锻炼让你学会如何掌控自己的意志,会在你打退堂鼓时鞭策你继续向前。拥有数十年健身经验的健美爱好者们承认在大多数时候他们并不想去健身房。然而,经过自我训练,他们能屏蔽内心的声音——那个让他们放弃、承认失败并找出诸多借口的声音。在你的一生之中,你要不停地和内心那个让你认输的声音作斗争。那个声音会告诉你选择轻松的方法,会引诱你及时行乐。它会鼓动你躺平,鼓动你喝酒,吃不健康的食品;它会引诱你长时间看电视,引诱你花大量时间刷短视频。你要学会叫那个声音"闭嘴",而锻炼正是学会屏蔽这个声音的上好实践方式。

健身还包括对饮食的控制,在控制饮食的过程中你还会对人生多有感悟。为了保持合理的饮食,持续不间断的自律必不可少。如果你打算保持健康的饮食,你就要时时刻刻留心自己摄入的食物。控制饮食和锻炼不同。锻炼只需要你打起精神,到健身房去运动一个小时。而保持健康饮食则要求你抵挡诱惑。厨房里那包饼干,排灯节[1]吃剩的米糖,聚会上的冰激凌,餐厅里的一盘炸薯条……你必须抵挡这些食物的诱惑,对它们说不。你越是克

---

1 排灯节:印度传统节日,通常在每年10月或11月。

制，你在生活中其他方面表现出的自控能力就越强。要保持饮食健康，你还必须有极大的耐心。仅持续一天的健康饮食不可能让你变得健康，所需时间以月计，甚至以年计，而且看不到立竿见影的效果。

自律，耐心，抵制诱惑——所有这些品质都对你的人生有着很大的助益。健身不仅仅让你的身体处于良好状态，不仅仅可以改善你的外貌，而且还被视为一场人生的试炼。通过健身你可以培养忍受痛苦、放弃愉悦的能力，而在生活中这样的能力非同小可。现代社会不停地将廉价的愉悦抛到你面前——电脑游戏、电视、网剧、快餐和社交媒体。大多数人都是软弱的，他们沉迷于这些愉悦之中。但是，如果你在身体上和精神上变得更强，你会选择承受必要的痛苦，放弃这些愉悦。最终你会胜出——不仅在健身房里脱颖而出，也会成为人生的赢家。所以让我们从健身开始吧。

## 合理可行的健身计划

我不是健身方面的专家，在这方面我只是学生。如果你计划开始健身，你可以在网上找到无数相关资料。这些资料大多源自从事健身相关职业的专家。你可以在 YouTube 上找到有关健康饮食和健身方面的高质量视频，如 *Athlean-X* 和 *The Buff Dudes* 系列；在 INS 上你能看到阿丽西亚·克拉克（Alexia Clark）之类的博主发布的健身相关内容。通过 YouTube 的某些印度频道——如力量训练营（The Body Workout）、念动一致（Mind with Muscle）等，你也能找到健身相关的内容。这些频道的大部分内容都是免费的。我建议你花点时间来查看这些内容，同时考虑个体差异，找出最适合自己的方法。

我发现人们并不缺少能帮助他们实现健身目标的信息。然而，他们的思维方式阻止他们改掉坏习惯。只有当人们意识到健康对成功和幸福各个方面产生作用，发现人生中最值得关注的就是健康，他们才会真正做出改变。我希望以上这些内容能有助于你改变对健康的看法。

## 基本的健身计划（为像我这种从不重视健身的人而作）

### 计划要简单

计划越简单，你坚持下去的可能性越大——这一点在生活中普遍适用，对健身来说也是如此。尽管我给出的是入门级的、普遍适用的计划，我也明白要因人而异，毕竟每个人健身的出发点是不同的。假如目前你超重，你的首要任务就是减重；假如你现在并不胖，但你总是感觉乏力和精力不足，那你就应该锻炼力量和耐力。对于下面我给出的健身计划，你可以按需进行调整。假如你打算尝试任何新的饮食或运动项目，我还是建议你先咨询一下医生。

**健身三支柱**

健身的三大支柱分别是睡眠、饮食和锻炼。你必须针对每个方面制订简单而行之有效的计划。

第一根支柱——睡眠尤为重要，然而却讨论得最少。我们就从这里开始吧。

**1. 睡眠**

大量科学研究表明睡眠会直接影响人们的幸福感和精力水平。如果我们睡得好，我们就会感觉良好，我们的身体机能也会变得更好。如果你想要成功，想追求人生中的幸福，那么一定时长（对大多数人而言通常为七至八个小时）的优质睡眠不可或缺。

> 新的一天并不是从你醒来时开始，而是从前一天晚上你上床就寝时开始。

新的一天并不是从你醒来时开始，而是从前一天晚上你上床就寝时开始。想要开启美好的一天，第一步就是在前一天晚上睡个时间充足的好觉。研究表明，经过一晚充足的睡眠，我们的情绪和机体都得到修复。这就是为什么如果你前一天晚上睡眠不足或休息不好，第二天你就会出现头痛、身体痛、头晕乏力等症状。睡眠不仅能让我们得以恢复，某些无意识的生理活动——如激素调整——也发生于睡眠期间。睡眠不足会导致激素失衡，让人表现不佳。如果你缺乏高质量的睡眠，你在学习时就难以集中注意力，你在锻炼中获得的收益就会减少，而你的创造力也会受到影响。下面列举的是保证睡眠质量的一些方法。

## 健身计划之睡眠

1. **按时上床，在每天大约同一时间就寝**：如果你读过睡眠科学方面的可信资料，你就会发现我们的身体在经过进化之后形成了昼夜节律——与地球日夜同步的节律。当天黑下来时，我们大脑中的某些激素就会被激发出来，让我们反应迟钝，身体变得更加松弛，最终昏昏欲睡。理想的情况是天黑之后就睡觉，然而在现代社会这并不现实。对于工作时间规律的上班族而言，将就寝时间定在晚上十点到十一点之间是不错的选择。不过你可以根据需要设定最适合自己的就寝时间。注意：设定就寝时间意味着到了这个时间之后，你必须熄灯上床，手机及其他电子产品要放到伸手拿不到的地方。

2. **睡前不要看闪亮的电子屏幕**：很多人（没错，包括我）在睡觉前会刷刷手机。夜里的亮光会扰乱人的脑回路，激发大脑释放日间所需的激素和神经化学物质，包括让人更加清醒、难以入眠的物质。在夜里看到社交媒体上的某些内容也会让人心烦意乱。这会让人胡思乱想，引发焦虑和思虑过度——而睡前出现此类状况都不利于睡眠。因此，睡前请远离电子产品，如有可能请将手机放在卧室之外充电。

3. **确保卧室光线昏暗，安静凉爽**：研究表明，昏暗的光线和适宜的温度可以改善睡眠质量。你可以借助遮光幕或硬纸板之类的东西让自己的卧室保持昏暗。如果做不到的话，还可以找一副舒服的眼罩。同理，还要阻隔噪声，或是找一副优质耳塞。如果你的卧室装了空调，把温度调低，比白天的温度低几度，但不要低到让人难受的程度。这些小细节能很好地帮助你睡个好觉。

4. **睡前不摄入酒精或咖啡因**：酒精和咖啡因都会影响睡眠质量，不过其原理却不同。咖啡因是一种刺激剂，它可以阻断引发睡眠的化学物质，使其无法到达受体。正因为如此，世界上大多数人都对茶和咖啡上瘾。咖啡因能让我们在一段时间内保持清醒，精力充沛，这在白天是很有好处的。比如我就很喜欢咖啡，喜欢喝咖啡后那种精神一振的感觉。然而，你在夜里不需要这样的刺激。根据经验，最好在下午两点之后不再摄入咖啡因。当然了，每个人对咖啡因的耐受性有所不同。酒精也会损害睡眠质量。研究表明，尽管酒精会让人昏昏欲睡，但饮酒之后的睡眠质量却很差。饮酒之后，人无法进入深层次的"快速眼动睡眠"阶段，而在这一阶段，机体本来能得到最充足的休息和修复。理想的情况是滴酒不沾，因为除了影响睡眠质量，摄入酒精还有很多坏处。如果你当真要喝酒，那就仅限于少数场合，饮酒量要少，饮酒时间与睡眠时间相隔几个小时。一个晚上喝的酒不应超过两杯，而一周内喝酒不超过七杯。很多人都有这样的经历——参加持续到深夜的聚会，并且灌下很多酒。你以为自己玩得很开心，和朋友们打成一片，然而经常性饮酒会导致酒精成瘾、肝损伤以及其他多种问题，包括打乱睡眠周期。因此最好的方法就是戒酒，或是尽力减少饮酒。

5. **减轻生活压力**：这话说起来容易做起来难。通常情况下，减轻压力要求你对自己的生活方式做出重大改变。在你为实现阶层跃升而奋斗的过程中自然会产生压力，日常上下班、家庭责任、对人际关系的期待和职场生涯都会给你带来压力。焦虑源于未来的不确定性。研究表明，适量压力有助于集中注意力，但过量压力会产生负面影响。压力导致机体释放影响睡眠质量的皮质醇激素。你不可能完全杜绝压力，但你可以致力于减轻压力。压力只应源于人生中最重要的东西，其余一切都可以放下。如果你看重的是工作和家庭，那就不要在意其他——例如旁人对你的议论和期待，诸如此类。我们过分在意一些鸡毛蒜皮的小事，并为此承受压力。同理，尽可能减少日常可见的压力来源，例如缩短通勤行程。一栋距离上班地点很远的大房子，一间面积仅有前者一半但可以步行上班的公寓——我会选择后者。便捷的生活远比额外的几百平方英尺住房面积更有价值。

> 你不可能完全杜绝压力，但你可以致力于减轻压力。压力只应源于人生中最重要的东西，其余一切都可以放下。

6. **准时醒来，在每天大约同一时间起床，晒晒太阳：** 如果你每天在大约同一时间就寝，你就很可能在同一时间醒来。请保持这种状态，即便到了周末也不要放弃。当你身体的昼夜节律和地球的日夜转换相一致，你的身体就会达到最佳状态。"天人合一"不仅仅是充满诗意的话语，还是经过科学检验的真谛。自然设计的奇妙的自我协调系统让我们在白天活跃，在夜里放松。遗憾的是，人类创造出"现代生活"，打乱了这奇妙的"睡眠—清醒"循环。在你醒过来之后的一个小时内不要碰手机——好吧，我知道这听起来像惩罚，那就改为醒来后的半个小时内吧。趁这时候晒晒太阳，最好不要隔着窗户晒太阳。哪怕不能站在太阳下直晒，也应该暴露于日光之中。早晨的阳光有助于机体中激素和神经递质的释放，让你在这一天中都保持清醒，精力充沛。

## 2. 饮食

当你解决了睡眠问题，就是时候解决健身的第二个问题——饮食。这个问题是最棘手的，至少对我来说是这样。你或许听说过一句老生常谈：你是你吃出来的。如果"保持富有营养的均衡饮食"仅停留于纸上谈兵阶段，那当然没什么难度。你知道自己应该怎么做——少吃，吃健康的食物。你也知道蔬菜、膳食纤维和蛋白质应该成为你饮食的主要组成部分。你还意识到要限制脂肪和糖分的摄入。然而，在你完成一天的工作之后，在你精疲力竭、饥肠辘辘之时，当你看到热气腾腾的咖喱角、薯条、米糖和查特[1]，你就会把所有关于健康饮食的知识抛诸脑后了。

食物具有魔力。至少对某些人（比如我）来说，食物意味着融为一体的乐趣、愉悦、温暖、慰藉和欢乐。这种想法可不好。食物本身就是机体的燃料。在原始人时代，想要获取食物很不容易。为了果腹，人们要花几个小时在树丛中采集，还要冒着被野兽袭击的风险。时至今日，人类已经完全改变了这一状况。你可以轻而易举地获取相对廉价的食物。跨国公司推销贩卖那些为刺激你的味蕾而专门设计出来的食品，让消费者在短时间内摄入大量糖分与热量。你无须为了在森林里找到一个可食用的苹果而东躲西藏。你只需要打开冰箱拿出一盒冰激凌就可以满足口腹之欲。

这个世界充斥着超级美味的食物，为人们提供了极大的便利。显而易见，我们的身体并不是为了这样的世界而设计的。富含脂肪和糖分的食品会激发进化反应[2]。在史前岁月里，假如原始人发现了一份高糖食物，那情形不亚于买彩票中了头奖。糖分和脂肪能为机体提供必需的能量，而当时的人类并不是每天都能找到吃的，因此他们一旦找到这样的食物就会狼吞虎咽地吃下去。如今，虽然很难碰到食物匮乏的情况，可是一盘咖喱角和玫瑰果[3]

---

1 查特：一种流行的印度小吃。
2 进化反应：生物体在进化过程中形成的对环境变化做出的适应性反应。
3 玫瑰果：一种流行的印度甜品，用固体牛奶、糖、香料、玫瑰水等原料烹制而成。

还是会激发类似的原始冲动。我敢说本书的读者都不用担心自己会饿死。然而，我们还是无法控制这种本能，最后导致饮食很不健康。

任何以失败告终的饮食计划，其失败的根本原因就在于此。任何人都无法完全抵挡不健康食品的诱惑。不健康食品之所以被制造出来，其目的就是为了引诱你吃下去。你能做的就是在实践中找到一个平衡点。你的目标是主要吃健康食品，但有时也可以稍微放纵一下。然而，确保你只是"稍微"放纵，不要过量。有人在坚持了一周的健康饮食之后就犒赏自己，大吃一顿精加工的垃圾食品，最后导致一周的努力付诸东流。偶尔适当地犒赏自己，但要尽力保持健康饮食，确保自己在生活中大部分时候摄入的都是健康食品，确保摄入的食物以未经加工的纯天然食品为主。

到最后你会喜欢上健康食物，对不健康食物的渴求就没有那么强烈了。你的思维模式已经发生变化，而食物则恢复其本来的面貌——为身体和精神提供动力的燃料。

以下罗列的是你施行健康饮食计划时可供选择的几条建议。你可以在网上找到更多的相关信息，同时也应考虑医生的意见。

## 健身计划之饮食

1. **计算卡路里**：健康饮食涉及简单的计算。人体摄入的热量减去消耗的热量，得出的是正数意味着你的体重会增加，若是负数意味着你的体重将减轻。为了减重，你的目标应为每天少摄入 300—500 卡路里热量。这需要进行精确的计算。在开始时，卡路里计算工具可以帮助你，直到你学会凭直觉约束自己的食物摄入。我推荐"健身伙伴（My FitnessPal）"App，它可以追踪机体的每次进食和每次活动。除此之外还有"变健康（Healthify Me）"App，你可以输入个人资料和你的目标，"健身伙伴"App 就会告诉你每天可摄入的热量，这个 App 还有一个数据库，里面储存了所有能想象得到的食物（包括印度食品）的热量。当你吃下某样食物，你只需在这个 App 里输入食物的名称。如果你在使用这个 App 时实事求是，它就能起到非同一般的作用。你可以在这个 App 上追踪自己摄入的食物，坚持 30 天，继续坚持；坚持 90 天，坚持到你实现自己的减重目标为止。

2. **间歇性断食**：间歇性断食指的是在一天内某个固定的时间段不摄入任何热量。有人说这不过是换个时髦的词语来指代"不吃早餐"。这么说也不能算错。最常见的间歇性断食的断食时间为 16 个小时，从前一天晚上的晚餐之后一直持续到第二天的午餐时分（如此一来第二天的早餐就取消了）。如果你在前一天晚上 8 点吃完晚餐之后一直没有进食，坚持到第二天中午 12 点，那么你就断食了 16 个小时。间歇性断食有诸多好处，例如增加你的新陈代谢，提升机体更加充分地利用现有脂肪的能力。间歇性断食还重现了人类在进化过程中食物匮乏的阶段。在进化过程中，人类经历了经常忍饥挨饿的阶段。在进行间歇性断食的过程中，在断食即将结束时你会觉得非常饥饿。这是正常现象。总的来说，间歇性断食有一大好处——让健康饮食变得简单。它让你清楚地知道在断食的 16 个小时内你可以摄入什么，而这点不容小觑。在断食过程中你可以喝红茶、黑咖啡、苏打水、无糖饮料，等等。在非断食的 8 个小时，你可以按照健身 App 计算好的每日热量摄入量来进食。

　　你必须清楚一点：即便在间歇性断食过程中也要计算卡路里，这很重要。许多人误以为在进行间歇性断食过程中的非断食 8 小时内他们可以想吃什么就吃什么。这是错误的。你要根据每日的热量摄入量来进食。如果你想减重，你的摄入量还应少于这个数。在非断食的 8 小时内，你可以吃两顿饭，或是两顿饭加一份小点心。在这 8 小时内你要摄入全天的热量，因此这两顿饭的分量还是很可观的。对我来说间歇性断食很有效果。有时很难熬到午餐才进食，我也会偶尔放松一下，将断食时间缩短至 14 小时。比方说，如果我住在一个高级酒店里，酒店提供美味的免费自助早餐，那我当然不能错过！如果你同时留意每天摄入的总热量，那么间歇性断食会显现效果。试试间歇性断食吧,坚持三周,然后再看看你能不能坚持一辈子。

3. **尽量摄入蛋白质和蔬菜**:如果你已经确定了每日可摄入热量的总数,理论上说你可以摄入任何食物,只要这些食物的热量加起来不超过这个总数就行。然而,对各种食物不能等同视之。在运动之后,我们需要蛋白质来增肌,而蔬菜能提供膳食纤维和各种有益的营养成分。这两种食物是饱腹感的主要来源,意即你吃下这些食物之后不会很快又觉得饿。一大袋薯条的热量为 500 卡路里,而 200 克烤鸡和 500 克西蓝花等绿色蔬菜的热量加起来也是 500 卡路里。那袋薯条尽管很美味,可吃过之后一小时你又觉得饿了。而烤鸡和西蓝花却可以让你在接下来很长一段时间都不会觉得饿。这是两个极端的例子,不过你也明白我的意思了。

除此之外,在烹制蔬菜时,添加的佐料(油、淀粉、酸辣酱、肉酱等)越少越好。对于印度菜来说,这一点尤为重要。在烹制印度菜时会往蔬菜里添加很多佐料,从而导致其营养元素流失。生菜叶是一种很健康的食品,可生菜叶查特却不健康。印度很多餐馆对生菜叶是这样处置的:把生菜叶浸在鹰嘴豆粉做成的面糊中,然后放到油锅里炸至酥脆,最后浇上酸辣酱。这样做出来的生菜叶是不健康的食品。胡萝卜同样是很健康的食品,但仅限于生胡萝卜或蒸胡萝卜。不用说你也知道,如果把胡萝卜做成胡萝卜哈尔瓦[1]，那就和健康饮食不沾边了。我知道我会因为上面那句话受到批评，或许某人的母亲能做出超级健康的胡萝卜哈尔瓦。我不会就此争论不休。如果你看重自己的健康，那么在饮食问题上就要实事求是。摄入食物时以健康食品为主，你的状态就会变得更好。

4. **限制以不健康零食犒赏自己的次数**：生活中总是充斥着各种美味诱人的食物，还有诸如聚会、餐会、节日、生日、周年纪念这类的场合。当然了，家里的冰箱和食物储存柜也在向你招手。米糖、比萨、咖喱角、薯条、焦糖螺旋酥、糖果、方便面、高糖饮料和烘焙食品总会出现在你面前。你会受到食物的诱惑。这些食物很美味，吃起来也很爽。可问题在于它们都是热量炸弹。这些高糖食物在短时间内就会被机体消化，让你很快就觉得饿了。一份糖球的热量等于两块烙饼加一大碗豆子。尽管糖球比豆子和烙饼美味，可它不仅会打乱你的卡路里定量摄入计划，还会让你很快就感到饥饿。

那么，当你受到食物的诱惑时该怎么做呢？对于这个问题，没有明确的答案。如果你的目的性非常强，非常自律，你摄入此类食物的可能性是小之又小。据说约翰·亚伯拉罕[2]最喜欢的甜点是腰果卡特利[3]。他在一次访谈中说他已经有 11 年没

---

1　胡萝卜哈尔瓦：一种印度北部的甜品，主料是磨碎的胡萝卜和牛奶，辅料是糖、酥油、香料和烤香的坚果和干果。
2　约翰·亚伯拉罕（John Abraham，1972—）：印度演员。
3　腰果卡特利：一种印度甜点。

有吃过腰果卡特利了。据说另一位顶级影星绝不吃甜品，顶多闻一闻。我做不到，你很可能也做不到。如果你能做到，那你的身材肯定很好，根本不用看这一章。或许你做不到在长达 11 年的时间里不吃甜点，不过试试在 11 天里不吃甜点怎么样？能不能每周只吃一份？顶多两份？即使吃，也只吃分量适度的小份甜品——你能做到吗？如果你想坚持健康的饮食，你就要做到以上几条。在你的生活中，不健康食品是偶尔一尝之物，还是你日常饮食的组成部分？只有你自己才能老老实实地回答这些问题。我曾经看到一条很好的饮食规则——"每 48 小时才能犒赏自己一次"，意即每两天才能吃一次不健康的零食。如此一来，只要等不到 48 小时就能用不健康的零食犒赏自己一次。听起来很可行，对吧？

### 3. 锻炼

健身的第三根支柱是锻炼，其效果也是立竿见影的。在睡眠和健康饮食方面，很难找到直接可见的成功事例，然而在运动方面却能找到成百上千。无数男性、女性通过 INS 展示自己如何健身、在户外跑步、爬山、游泳以及进行各种体育运动。锻炼很重要，人类的身体原本就应该进行规律运动。如今，成百上千的健身教练和专家在 YouTube 上开设频道，在 App 和网站上现身说法，让你接触到各种不同的健身计划。在互联网上也能找到与运动相关的海量文章。然而，如果你和我一样，这一切会让你愈发摸不着头脑。下面罗列的是广泛适用的锻炼计划，供你参考。注意：对于下面所说的内容（以及这本书所说的任何内容），你不能仅止步于阅读，还要采取实际行动，将其运用到你的生活中。

> ## 简单的锻炼计划
>
> 　　简单来说，锻炼可分为有氧运动和力量训练。每个人在改善外貌、增强体力和耐力方面都有自己的目标，应根据个人需要而制订锻炼计划。然而，下面所说的锻炼计划适用于大多数普通人：
>
> 1. **每日锻炼**：我们每周要锻炼多少天这一问题曾引起很多争论。答案很简单——几乎每天都要锻炼，即每周锻炼六天，最后一天休息，或是每周锻炼七天，其中一天可以进行相对轻松的运动。记住，只要让身体动起来，都算是锻炼，哪怕是长距离步行都算。锻炼时间一般为 45 分钟到一个小时。这个锻炼时长很合理，而且你在大多数时候都能坚持下去。有些专家说每周锻炼 3 天就足够了。我建议让有规律的运动成为生活的一部分。这么做的好处就是你在锻炼时会消耗更多的热量，而你每天可摄入的热量数会因此增加，这意味着你可以多吃一点！
>
> 2. **每周运动的总时长**：假设你每天锻炼时长为 45 分钟到一个小时，每周锻炼 6 天，那么你一周的锻炼总时长为 270—360 分钟。这是一个很合理的目标，如果能坚持下去，将对你的体力

和心智大有益处。

3. **锻炼应包含有氧运动和力量训练**：约一半锻炼时间进行有氧运动，另一半时间进行力量训练。当然，你可以根据自己的个人目标、需求和喜好进行调整。有氧运动是令你心跳加速的运动，如跑步、椭圆机运动、骑行、游泳、步行、爬楼梯和划船机运动。将心率提升到略感吃力但不会对身体造成危害的程度。在进行力量训练时要锻炼身体不同的大肌肉群，包括上半身肌肉群（胸肌、二头肌、三头肌、背阔肌、三角肌）、核心肌肉群（腹肌和背肌）以及下半身肌肉群（腿肌和臀肌）。相关视频有很多，不过通常最好的办法是着眼于基础，进行复合式举重运动。我们将在下面进行讨论。

4. **进行基本的复合举重运动**：风行一时的锻炼方式总是不停变化，但基础训练效果明显，经得起时间的检验。传统的力量训练包括引体向上、硬拉、深蹲和仰卧推举。下图是这些锻炼形式的简单示意图，不过我还是建议你在互联网上观看相关视频，或让你的健身教练进行展示。这些基础的锻炼项目虽然看似简单，但在姿势和技巧方面都有一定的要求，还有一些注意事项必须遵循，以免在运动中受伤。同样，在锻炼时要循序渐进，不要和健美爱好者一比高低。可以每天将自己的极限稍稍提升一点，同时要关注自己的身体反应。

深蹲　　　硬拉　　　引体向上

仰卧推举　　过头推举　　双杠臂屈伸

杠铃划船　　坐式阿诺德推举

复合举重

5. **跑步**：如果条件许可，那就去跑步吧。就个人而言，我喜欢跑步。你可以把跑步作为你的有氧运动方式，至少在一周的其中几天选择跑步。效果良好的跑步如同给自己身体内部洗一次澡，血液循环和情绪得以改善，自信心和精力水平也得以提升。跑步不需要健身器械。开始时可以慢跑，跑步距离也要长短适中。我在 47 岁时才正式开始跑步。现在我可以以较快的速度跑完很长一段距离。现在我一般跑 8 公里，每周 3 次，其余几天我会进行力量训练或游泳。有时我会参加 10 公里跑步比赛，在城市道路上奔跑。几年前我还是个胖子，而在最近一次跑步比赛中，我只花了 47 分 20 秒就跑完 10 公里——据说这是很不错的成绩。如果我能做到，那你也能！跑起来吧。开始时把跑步里程控制在自己可以接受的范围内，然后循序渐进，慢慢提升速度，增加里程，到最后你就能在 45 分钟到一个小时的运动时间内跑完很长一段距离了。

6. **如果你不打算去健身房，可以进行自身体重训练**：俯卧撑、仰卧起坐、跳高、快跑、下蹲、弓步运动——这些都是无须健身器械的运动。看看有关自身体重训练和无器械健身的视频。如果你无法承担健身房的费用，或是你的住所周围没有健身房，你可以选择以上几样，不要找借口，动起来吧。

7. **锻炼应包括不同的项目和伸展运动**：最后一条建议是每次锻炼时进行多种运动。这样不仅能使锻炼变得不那么乏味，还能让你的身体不停接受新的挑战。锻炼经常会导致肌肉收缩，因此在每次锻炼之后要进行几分钟的伸展运动。较好的方法是每周选一天进行瑜伽训练。在舒展身体方面，瑜伽训练具有非常好的效果。你可以选择合适的瑜伽体式和适当的节奏——例如采用拜日式进行节奏较快的瑜伽训练，并将其作为当天的锻炼内容。

第一条规则包含了很多内容。要想保持健康，你必须终此一生时刻留意。而健身会给你带来巨大的回报。如果你想跻身世界上"1%的顶层"，那么你必须让健身成为你人生的一部分。健身能让你变得更加坚强，在人生的奋斗中对你有所助益。

**要点：**

- 为了实现人生目标，你必须将健康放在首位。
- 健身包含三个方面——健康饮食、体育锻炼和高质量睡眠。
- 你必须屏蔽内心的"失败者声音"——那个鼓动你躺平、停止奋斗的声音。
- 锻炼能培养你克服困难的能力，无论是锻炼中遇到的困难还是生活中遇到的困难。
- 保持饮食健康有助于培养自律和耐心，培养抵制诱惑的能力——而这些品质在生活中同样有用。
- 如果你想保持良好的状态和自我感觉，那么你需要的是一个简单但有效的健身计划。

"我很胖。"维拉杰说。

"什么?"我问道。

"我是个胖子,不健康,"维拉杰说着抓抓肚子上的赘肉,"你看。"

"你是说身体上不健康,那你心理状态如何?"

想了一会儿,维拉杰说:"我心理也不健康。我失眠,还老是缠着阿琵塔,给她打三十多次电话,让自己成了一个笑话。"

"那你为什么忽视自己的健康呢?"

"我忙着打工,没有时间锻炼,也没有钱搞什么健康饮食。"

我没有回答。他从我的神情中看出我并不信他的话。

"这就是事实,别用那样的眼光看着我,"他说,"我的生活和你不同,你可以计算卡路里,挤出一个小时来锻炼,可我不行。"

"解锁你的手机。"我说。

"什么?"

"打开'手机使用时间'App,马上打开。"

维拉杰打开自己手机上的"手机使用时间"。根据 App 的统计,他每天使用手机的时间高达 10 个小时。大部分时间是在使用佐马托 App,使用时间约为每天 5 个小时——这也可以理解。

"这是工作需要,"维拉杰解释道,"如果我想抢单或是在送外卖途中,我就要用到这个 App。"

"好吧,那剩下 5 个小时呢?你花了 3 个小时刷 INS!"

"啊?有 3 个小时?肯定是出错了。"维拉杰面带羞愧。

"没出错。你每天花 3 个小时来刷 INS,你到底在干什么?"

"没干什么。就是刷一刷,空闲的时候放松一下。"

"而你每天却挤不出 45 分钟来跑步?"

维拉杰抬起目光,不再看向手机屏幕,而是和我目光相接。我坚持与他对视。"你就是这样放松的?刷短视频放松?你不去锻炼,甚至没有早点睡觉好好休息,而是浪费时间刷短视频?"

维拉杰没有回答,我再次开口。

"再来看看健康饮食的问题。胡萝卜很贵吗?黄瓜很贵吗?鸡蛋很贵吗?这些食材或许和瓦达三明治或咖喱角一样价钱,顶多贵一点点,没错吧?"

"要吃健康的食品得花时间……"维拉杰说到一半就不说了。

"再看看除了刷 INS 你还做了什么。你还刷了 YouTube,还有 Facebook[1],还有……什么?色情网站?刷这些又花了一个小时,可你却挤不出 10 分钟来切个胡萝卜,或者煮些鸡蛋?"

维拉杰把头转向一边,避开我的目光。

"说话呀。"我不依不饶。

---

[1] Facebook:Meta 公司旗下的互联网社交产品。

"好吧，我就是在找借口，如果我真有心去做，我能做到的。"

"你必须做到。健康是第一条规则。你必须照着全部11条去做。你也想跨越阶层，对吧？还是想继续哀求阿琵塔接你的电话？"

"我想跨越阶层。"

"那就好。去跑步，举重，吃更多的天然食品，拒绝垃圾食品。尊重你自己，尊重自己的身体。"

维拉杰还是一声不吭。

"我也犯过同样的错，维拉杰，"我说，"我年轻时从来不运动。我归咎于所有的一切，编造出天花乱坠的借口。而这一切根本没用。"

"你说你的童年充满痛苦？"维拉杰说。

"没错，我父亲信奉暴力，他总是打我。他还和我母亲吵架打架，从不给她钱做家用。我们总是缺钱，几乎连一分钱都拿不出。家里总是鸡飞狗跳。"

"还有邻居……那个男孩？"

我抬眼看向维拉杰。

"怎么了？"维拉杰说。

"我从没有向任何人提起这事。"

"你不说我也能猜到。"维拉杰说。

我们两个都不说话，就这样过了好一会儿。我深吸一口气，开口说道：

"当时我10岁，根本不知道究竟发生了什么事。那个孩子15岁，他说要教我一些新花样。我没有意识到那是很不正常的行为。这种情况持续了几年。好了，现在你的好奇心也得到满足了吧？还是你想听更多细节？想知道一个15岁的男孩对一个10岁的男孩做了什么？"

"抱歉，我不是有意……"

"没事的，你只是好奇而已，没事。抱歉我刚才吼你了。对我来说，很难开口谈论这件事。"

"我明白，你不用说的。"

"你透露了一些事关个人隐私的细节，而我也应该投桃报李。这才公平，可是这个……"维拉杰说了半截又打住了。

"什么？"

"我只是……只是很惊讶。"

"为什么？"

"我看到你住在这栋漂亮房子里，我以为你一直都住这儿，以为你就是在这里成为一个作家的。"

"不，不是的。之前我的境况也很不好，不过我尽量不去怨天尤人，不去找借口。这样做没有意义，对吧？找借口又不能帮你改变现状，不能让境况变得更好。"

"没错。我打算从今天起就开始跑步，不再吃垃圾食品了。"

"那就好，我看今天就到此为止吧。"

今天和他的对话让我稍感吃力。一般来说，我比他坚强。可今天的情况好像反过来了。

"你还好吗，奇坦……先生？"他关切地问道。

"还好。回顾过去会让人痛苦，不过我很高兴自己这么做了。如果我回顾过去能让你意识到我之前的起点是多么低，那我就更高兴了。我们都是有故事的人。"

"谢谢你和我分享自己的故事，谢谢你对我的信任。"

"你不是也信任我吗？我不过是投桃报李。"

他走过来，给我一个拥抱。

"你很坚强，先生。"

"我不是一直都那么坚强，只是尽力为之。"我答道。

"是啊。下一条规则是什么？"

"那你得等到明天了。明天的午餐你会给我带来什么外卖？"

"全看您的意思，先生。我可以向您推荐一家很不错的南印风味餐厅。"

次日中午一点，门铃响了。我刚打开门，维拉杰就把外卖包递给我。

我的午餐来自马德拉斯乳品餐厅，我点了绿豆多萨[1]和蒸米糕。当我打开外卖包，印度酥油的香味飘散在空气中。我打开

---

1 绿豆多萨：一种以绿豆或绿扁豆为主料制成的南印度风味薄饼。

小罐装的酸辣酱——有椰子酸辣酱、西红柿酸辣酱和罗望子酸辣酱。

"看起来很不错,谢谢你的推荐,"我说,"不过分量太多了,你得帮我,不然吃不完。"

"好吧,不过我只吃一块蒸米糕。"

"就一块?"

"要控制热量摄入。"

"很好,维拉杰,请坐。准备听第二条规则了吗?"我说。

"当然!"维拉杰看起来很投入。

我把扁豆炖菜分装在两个不锈钢小碗中,把其中一碗和一块蒸米糕递给他。

我撕下一片绿豆多萨,放在炖菜中浸一浸。

我咬了一口:"真不错。"

"我就说嘛。"

"真好吃,谢谢!好了,现在来听听第二条规则。"

# 第 2 课：控制情绪

智者控制情绪，愚者则成为情绪的奴隶。

——伊壁鸠鲁[1]

**控制自己的情绪，同时学会解读他人的情绪。**

人性的一大基本特质就是情绪。在进行思考时，我们运用的是广义上的大脑逻辑区域，或称理性脑。然而，我们感知事物时运用的却是大脑情绪区域，即情绪脑。科学家已经明确大脑不同区域的功能。当我让你做 10 加 15 的加法，你大脑的某个区域就开始迅速运转，进行计算，然后告诉我答案：25。如果我问你印度的首都是哪个城市，你的大脑会在记忆中查找，然后得出答案：新德里。

以上这些都是逻辑理性的大脑活动。大脑具有的这些重要功能让我们在生活中表现得更好。例如，一个从事衬衫制造业的女

---

[1] 伊壁鸠鲁（Epicarus, 341 B.C.—270B.C.）：古希腊哲学家。

性会使用自己的理性脑来估算每件衬衫的成本（包括每件衬衫所用布料、纽扣、缝线的费用以及裁缝人工费）。理性脑还计算出每件衬衫定价多少才能获取可观的利润。敏锐的理性脑能帮助你脱颖而出。

然而，仅拥有功能强大的理性脑还不足以让你拥有完美人生。你还得考虑到"情绪脑"——掌控情绪的大脑区域——所起的作用。功能正常的情绪脑是人类得以存续的关键，同时功能不正常的情绪脑也是大多数人成功或失败的根源。如果你能够控制自己的情绪脑，再加上功能良好的理性脑，那么你就能取得事半功倍的效果。相反，如果你任由自己的情绪掌控，那么你的生活就会毁于一旦。

大多数人无法控制自己的情绪——至少难以控制自己的情绪。为了探究其中的根源，理解情绪为何物至关重要。

人类的情绪源自大脑的原始部分——即大脑在进化过程中最早形成的部分，通常也被称为"后脑"或"蜥蜴脑"。所谓的蜥蜴脑就是大脑的边缘系统[1]。约瑟夫·特拉卡莱博士是宾夕法尼亚州约克市经过认证的社区行为健康诊所的一名成瘾医学医师，在简单分诊和快速治疗处工作。他曾经说过："蜥蜴的大脑功能仅限于边缘系统。""蜥蜴脑"一词便由此而来。

---

1 边缘系统：大脑的组成部分，包括海马体和杏仁核等结构，主管情绪、记忆、应激反应和某些社会行为。

特拉卡莱博士总结说，边缘系统的功能包括产生"逃跑或反抗"的本能反应、对食物和性爱的需求，以及被吓呆了无法逃跑或反抗的僵直感。这也是所谓的"情绪脑"。理性脑位于大脑前部，是大脑原始部分的附加物，而且只有人类进化出了这种程度的理性脑。大脑的原始部分让我们在理性脑起作用前更快地做出反应。当我们面对某种刺激或处于某种环境中，原始大脑就会直白而迅速地发出信号，让我们身体的某一部分有所感应。

由某一想法或所见情景引发的身体感应，或称生理反应就形成了情绪。当你把 10 和 15 相加并得出结果，你的身体不会有任何反应。然而，如果你很久没吃东西，当我把一盘热腾腾的玫瑰果摆在你面前，你身体的某一部分就会做出反应。你会分泌唾液，你的小肠会微微收缩，你会产生吃下眼前食物的欲望。此时此刻，你的理性脑会告诉你玫瑰果含有大量糖分，可你置之不理，狼吞虎咽地吃下玫瑰果。不过如果你能控制情绪，你就会把玫瑰果推到一边。

生活中的林林总总——一份食物，某个人（尤其是爱人），有趣的活动（例如受邀参加聚会），眼前颇具难度的任务（例如该去健身房锻炼但不想去），被拒之门外（例如求职或求爱被拒），都会让我们产生类似的情感反应。

在论及种族主义、地区自治和种姓制度时，情绪之火也会被点燃。原始大脑驱使我们在"同类"中寻求安全感，排斥"异类"。当各个政党打着身份政治的旗号拉选票时，他们会充分利用这样的情绪。理性告诉我们应该以治理和发展国家的能力为评判标准来选择政治家。然而，在竞选投票期间人们的情绪却占了上风。乌合之众以身份认同为标准进行投票。除此之外，我们听任情绪的牵引，任由自己发福，和不合适的对象约会，在无用的人际关系上浪费时间，耗费我们的职业生涯，选举不合格的政客，做出一大堆蠢事。

用理性的眼光来看，我们的一些行为可谓愚蠢。然而，情绪脑可不这么想。情绪脑只会被当时感受到的本能和身体感应所激发。因此，你因一时冲动采取的行动或做出的决定有可能对你的将来不利。在当时仅凭感觉认为"很好"的决定，从长远来看只是愚蠢之举。大多数人任由情绪操控，这也是为什么很多人无法取得成功的原因。仅有一小部分人能控制自己的情绪，而且还能理解他人的情绪。这些人终将掌控整个世界。事实就是这么简单。如果你想获得成功，那么你必须学会控制情绪。

控制情绪可以分为两步走。

## 第一步：确认目前你的大脑属于哪一类

大脑可以粗略地分为两个部分：进行逻辑思考的理性脑和情绪化处理信息的情绪脑。然而，从两部分大脑在生活中的主导作用来看，人与人之间存在差别。人们如何做出决定或选择，以确定采取何种行动？从根本上看，我们的决定和选择是基于理性还是情绪？下图依据理性脑和情绪脑此消彼长的主导作用，展示了几种不同类别的"大脑"：

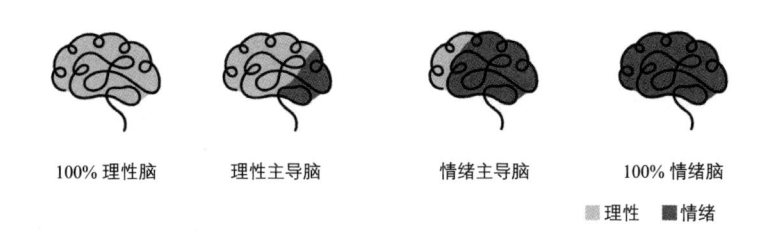

100% 理性脑　　理性主导脑　　情绪主导脑　　100% 情绪脑

■ 理性　■ 情绪

"大脑"的类别

**你现在属于哪一类？**

1. **100% 理性脑**：上图中最左边的图标代表 100% 理性脑。这是一种极端的情况，拥有这种大脑的人没有任何情绪，他做出任何决定都基于理性和逻辑，经过掂量算计。有人误以为控制情绪就意味着成为这一类人——拥有 100% 理性脑的人。我敢肯定你也曾听过感情受伤的人说过类似的话："啊，从现在起我要成为一个毫无感情的人。"然而，控制情绪并不意味着要泯灭所有情绪——这么做不亚于扼杀人性中至关重要的一部分。如果你没有任何感情，那活着还有什么意思？假设你再也感受不到喜悦、幸福、爱和欢乐，那又有什么意义？这样的人生根本不值得拥有。问题的关键在于控制自己的情绪，让情绪为你所用，而不是听任情绪牵引，导致你的人生变得一团糟。你肯定不愿成为第一类人。有情绪并没什么不好，只是不要被情绪主导。

**2. 理性主导脑：**第二种是理性脑主导的大脑，但其中依然有情绪脑的一席之地。你的目标就是变成这类人。理性脑和情绪脑共存于这类大脑中，只不过理性脑占主导地位。例如在早上，情绪脑尖叫着不愿让你离开温暖的被窝到健身房去锻炼。这时理性脑就会插手干预，用冷静的声音对情绪脑说："老兄，我们必须起床，这就是我们现在要做的事。我们按时醒来，然后来去锻炼。"听到这话情绪脑不再抗议，就此闭嘴，而你就能按照原计划过完这一天。拥有理性主导脑的人就是如此行事。

再比方说，你要参加一场难度非常大的入学考试，并为此准备了两年。而这时情绪脑却打起了退堂鼓。它尖叫道："太难了！放弃吧！"或是："我根本不适合考试！"又或是："过日子而已，用不着这么拼的，别再学习了，刷刷 INS 上的短剧吧。"然而，占主导地位的理性脑反驳道："不学习，看网络短视频对我的未来没有好处。抱歉，情绪脑，我要放弃即时满足，努力学习。别打扰我，我不会让你得逞的。"情绪脑退缩了，不再出声。到了最后，情绪脑甚至会支持你实现自己的目标。例如，当你学完一章之后，情绪脑会让你感受到有所成就的喜悦。如果你的大脑目前还不属

> 必要时，你必须每天都驳斥训练情绪脑，让它知晓自己面对的是什么。它面对的就是你——一个拥有敏锐而坚定的理性脑的人。你不会放弃，你会专注于自己的长期目标，你会完全消除获取即时满足或短期快乐的欲望。

于这一类，你就要费一番功夫，让它成为理性主导脑。别担心，这是可以实现的。然而，这一目标不会自然而然地实现，也不可能在一日之内实现。必要时，你必须每天都驳斥训练情绪脑，让它知晓自己面对的是什么。它面对的就是你——一个拥有敏锐而坚定的理性脑的人。你不会放弃，你会专注于自己的长期目标，你会完全消除获取即时满足或短期快乐的欲望。

**3. 情绪主导脑：** 这是大部分人拥有的大脑，我们可以称这类人为"受情绪主导者"。这类人拥有理性脑，但他们的情绪脑完全占主导地位。如果你在生活中都是以"我感觉如何"来评判一切，那么你就属于这一类。你只在乐意学习时学习，在乐意锻炼时锻炼。如果你乐意，你还能找一份更好的工作；如果你乐意在某天做某事，你就会去做。好吧，"我乐意"先生/女士，你就是理性主导脑的反面。拥有理性主导脑的人无论乐意与否，该做的事他们都会去做。

在大多数时候，你"不乐意"去完成那些有难度的任务。受情绪主导者很容易被他人误导。如果有人按下他们的情绪按键，他们就会"被激活"，并朝着这一方向一路狂奔。正因为如此，成百上千万的人被政客的激情演说误导，而这演说内容和他们所在的村庄、城市、州县和国家的发展没有任何关系。当事情涉及自己的兄弟姐妹时，有的人就会感情用事，甚至会出让自己的财产所有权。这种情况在印度很常见，例如有时女性被要求放弃财产所有权，出让给她们的兄弟。失控的情绪让人们在公共场所吵架打架，在办公室会议上说一些不该说的话，吃不该吃的垃圾食品，以及采取伤害自己的行动。大多数人都属于受情绪主导者。这是身为人类固有的缺陷。也正因为如此，大部分人都被困于第三阶层。你的人生目标就是改变受情绪主导的状况，不让情绪牵引你，而是听从理性脑的引导，尽可能成就最好的自我。

**4. 100%情绪脑：**这一类是"理性脑—情绪脑"光谱中的另一极端。这类人的人数很少（或者说，但愿如此）。这类人完全为情绪左右，他们根本不会依据逻辑进行思考。这类人最容易上当受骗，轻而易举地受人操控。他们被拥有理性主导脑的人当成可供压榨的傀儡加以利用。这类人会因为某些扭曲的意识形态而遭受生活的毒打，又或是被关进牢里。恐怖组织的支持者或许可以归为这一类。

他们为了维护组织头目的理念，毁了自己的人生，而这只是因为这一理念引发了他们情绪上的共鸣。他们并没有意识到自己会为此损失良多，有时候甚至赔上性命。而他们的痛苦换来的好处最后都被组织头目收入囊中。然而，他们并不这么认为，因为他们摒弃了所有理性，完全任由情绪驱使。我们经常听说某个人因嫉妒而杀人，或者是为了爱人或因身处逆境而自杀——这些事例都说明一个人如果失去理性（或者说暂时失去理性）会导致什么样的后果。缺乏情绪控制还会导致精神疾病，而不幸罹患精神疾病的人需要帮助才能摆脱自己的病态心理。无论如何，本书对这类人的描述旨在说明完全听任情绪指引会导致何种恶果。现在的你属于哪一类呢？

## 第二步：下决心成为拥有理性主导脑的人

如果你确定自己已经拥有理性主导脑，恭喜你！如果你认为自己尚未达到这一目标，那也要谢谢你，谢谢你真诚地面对自己！你要记住，尚未拥有理性主导脑并不是什么大问题，大多数人皆是如此。即便是我，在这一生中也曾多次意气用事。在八年级的时候，我曾经为了讨好班上的女生而花了整晚的时间来录制集锦录音带。当时使用的还是录音磁带，把想听的歌录入同一盒磁带中要花一整晚的时间。现在回头想想，当时的我还是挺傻的。那个女生并非我的女朋友，只是我对她有好感而已。她收下了我为她录制的录音带，转头就和另一个男生约会去了。或许她还和自己的男友一起听我为她挑选录制的所有浪漫情歌！

情绪具有强大的力量，时时刻刻都对我们产生影响。情绪造就了我们。我喜欢情绪，只是我尽量不让情绪主导我的人生。我写这些的目的并非让你成为一个毫无感情、铁石心肠的人，而是希望你不要被情绪控制。如果你不愿倾听理性脑的声音，让情绪脑压过理性脑，那说明你目前的脑回路可能存在缺陷。然而，大脑的一大妙处就在于其神经可塑性。存在缺陷的脑回路（即错误的思考方式、叙事方式

> 然而，大脑的一大妙处就在于其神经可塑性。

或思维模式）可以被改变。通过做出更好的选择或采取更好的行动，你可以慢慢地"重设"自己的脑回路。开始时大脑会反抗，你会觉得不适，甚至经历几次失败，让情绪占了上风。但你能做到。开始时你可以在做出某个微小的决定、采取某种简单的行动时让自己的理性脑获胜。例如，你决定今天步行两公里。那就去做吧。你的情绪脑或许会打退堂鼓。别管它，照做不误。之后，迎接任何具有挑战性的任务——无论是跑步、步行、去健身房锻炼，还是减少糖摄入量，一口气学习两个小时。完成一些有难度但依然在你的能力范围内的任务，试着坚持 5 天。

当你实现这一目标之后，和自己进行一场对话。你对自己说："看吧，我能做到。我可以让理性脑做主导。"继续坚持下去，坚持 3 周。多学习一个小时，步行 45 分钟，鞭策自己不断向前。训练自己的大脑，让它尊重理性脑的意见，听从理性脑指挥。不停重复这一过程，直到改变自己的脑回路。不久之后你就会觉得听从理性脑是很自然的事。换言之，你养成了任由理性主导的习惯。恭喜你！如此一来你就成为拥有理性主导脑的人了。

## 解读他人的情绪

在学会控制自己情绪的同时，你还要学会解读他人的情绪。大多数人都受情绪驱动，因此了解他人的情绪触发点是很有用的。这并不是说你要成为操纵他人情绪的大师，也不是说你要利用他人的情绪，只是你要意识到你接触的大部分人都受情绪驱动——至少在某种程度上受情绪驱动。即便是一个理性的研究高端量子物理的核物理学家也有她的情绪触发点。例如，她或许渴望在自己的领域得到认可；当她为下一步的研究项目提出建议，结果却被系主任否决，她也会有受伤的感觉；当她把大量时间花在实验室里，却没有足够的时间陪自己3岁的孩子玩耍，或许也会觉得愧疚。如果你能感知他人的情绪，你就会用不同的眼光看待他们。这位核物理学家不再仅仅是一个科学家，而是一个活生生的人。你周围的每一个人——家人、朋友、同事、服务员、司机、售票员、店主、为你送来午餐的外卖送餐员……皆是如此。而意识到这些人都受情绪驱动，最终能让你进一步加深和他们的关系。

　　这并不是说你要和自己遇见的每一个人都结成深厚的感情纽带，这样会耗尽你的精力。情绪的产生会消耗精力，而你的精力是有限的。不过你还是可以在与他人交流时多点人情味，比如问一些这样的问题："你的儿子怎么样？""今天你看起来很累，还好吗？""你感觉如何？"所有这些都是带着感情色彩的问题。与人为善，脸上挂着微笑，尽量让眼前的人感觉好一些——所有这些都是情感关怀的表现。你要用情绪感化他人，而你自己却要心志坚定，培养自己控制情绪的能力，并成为更加理性的人。

**要点：**

- 仅有一小部分人能控制自己的情绪，而这部分人最终掌控着整个世界。感受到情绪并没有错，只是你要记住不能让情绪主导你的生活。如果你想更进一步，就必须控制自己的情绪。
- 训练你的大脑，尊重并听从理性思维的声音。重复这一过程，直到理性思维形成习惯。
- 在和他人打交道时，感知他人的情绪，与人为善，对他们表示关切，但你必须让自己心志坚定。
- 做为实现目标而必须做的事，而不是仅凭情绪指引，只做自己乐意做的事。
- 如果你能掌控自己的情绪脑，同时拥有经过训练的、逻辑性强的理性脑，那么你在人生中就能取得事半功倍的效果。反之，如果你任由情绪操控，情绪最终会毁了你的人生。

"你说得对,我就是百分之百情绪脑。换句话说,我就是个笨蛋,就是白痴。"维拉杰说。

"你不是笨蛋。"我说。

今天他给我送来的是"迷你古吉拉特餐盘",我打开包装。这个一次性塑料餐盘分为八格,每格中放着不同的古吉拉特风味餐品——特普拉[1]、咖喱酸奶、达尔[2]、甜品、土豆、奥恩迪亚[3],以及其他一些我认不出的食品。近几年食品外卖业也变得颇有创意了,的确令人赞叹。

还有大量的写作任务等着我去完成。我纳闷古吉拉特人怎么还能做其他事。如果我吃完整个餐盘的食品,整个下午我都要昏昏欲睡了。

我把餐盘推到一旁,维拉杰继续说:

"我为什么来到孟买?因为我爱阿琵塔。我为什么给她打几十次电话?为什么通过社交媒体窥探她和她的朋友以及她的新男友,而且每天都看几个小时?这都是我的情绪在作怪,让我干出

---

[1] 特普拉:印度古吉拉特邦的传统风味面包。
[2] 达尔:一种以豆类为主料的印度食品。
[3] 奥恩迪亚:印度古吉拉特邦的传统菜肴,用酸奶、鹰嘴豆粉和香料制成。

这些蠢事。"

我走到厨房，把餐盘放进冰箱里，打算晚餐时再吃，接着回到餐厅。

"我以前也在情绪的驱策下做过蠢事。"我说。

"可我被情绪玩弄，成了一个彻头彻尾的蠢蛋。所有这一切能为我带来什么？什么都没有。然而，我好像控制不住自己。"

"好了，你也有理性脑，正是理性脑告诉你这样下去不行的。"我说。

"没错，现在我也听到理性脑的声音了。可大多数时候它都一言不发，软弱无力。"

"你要让理性脑的声音变得更加强势。你试着去做必须做的事，而不是做情绪指引你做的事。"

"今天下班后我最好还是步行两个小时，不刷 INS 了。不能再看阿琵塔或她那个新男友的动态了，一定不能。"

"放轻松，一个小时就好。"

"什么？"

"步行一个小时就够了，不要运动过度。不过你说得没错，别再窥探阿琵塔了。"

"好。我要开始跑步，每天早上都跑，至少跑半个小时。"维拉杰看起来很坚决。

"好，明天见。"

# 第 3 课：把自己放在首位

如果你不把自己放在首位，谁又会在意你？

——梅尔·罗宾斯[1]

**要为你自己而活，不要为他人而活，不要为在他人面前作秀表演而活。**

打起精神，接下来的这条规则或许会让你感受到些许震撼。大多数人都没有为自己而活。事实上，大多数人甚至不明白为自己而活意味着什么。然而，如果你想在人生中有所成就，想要跨越阶层壁垒，想要取得成功，或是只想获得幸福，那么你就应该把自己放在首位——而对大多数人而言，这是一件难事。

把自己放在首位的含义是什么？为自己而活又意味着什么？这是否意味着你要变得极端自私？是否意味着为了向上爬到顶峰，你要忽视、践踏，甚至利用你周围的人？是否意味着你要成

---

[1] 梅尔·罗宾斯（Mel Robbins, 1968—）：美国知名作家、演说家。

为一个具有反社会人格的人？是否意味着你要忽略其他人、忽视他们的需求？这是否意味着你要成为一个贪婪的人？

错，以上这些完全是一派胡言。

让我通过一个例子来解释。

周五傍晚，你和你的家人坐在一起。你是一个上班族，过去这漫长的一周让你感到很疲倦。你想待在家里，晚餐时喝点汤，还打算十点睡觉。而你的家人却有不同的计划：你的父母想去一家新开张的印度素食餐厅；你的妻子也想出门，不过她不想吃印度菜，而是想吃中餐；你的孩子想去购物中心，在电玩区打电子游戏，然后吃一份比萨。

"为什么不去购物中心呢？"你的妻子建议道，"这样孩子们就可以去玩电子游戏，我们可以去美食区吃东西。那里有许多不同的小吃摊，每个人都可以按照自己的喜好，想吃什么就吃什么。"

你对自己说：这主意听起来不错，而且能令所有人满意。

每个人都做好出门的准备，你也一样。不管怎么说，你只是想让家人都开心。

你心想：美食区也有汤吧。但这并不是你想要的，你就想待在家里喝点汤，早点上床睡觉。如此一来第二天你就能早早醒来，神清气爽去长跑，或进行一次高强度的锻炼。可现在你却要开车去购物中心，在那里待上一段时间，然后再开车回来。或许回到家时已经是半夜了。这没什么，对吧？每个人都会为自己的家人做出类似的妥协，这就是所谓的"家庭纽带"。一家人一起出门，大家都心满意足，一起开心玩乐。不过第二天你不可能早起了，也没有时间去锻炼了。或许明天还有亲戚要来吃午饭，你还要帮忙准备午餐。

类似的一幕在每个家庭上演。然而，我不知道你是否发现其中有什么不对劲。你周围的每个人都在大声表达自己的意愿，而你表达自己意愿的声音却被湮没了。可你似乎并不在意。这一切显得如此自然。其他人说他们想如何如何，而你这个大好人只能根据情况进行妥协，好让其他人都满意。你根本没有把自己放在首位。

而这正是症结所在。如果你想追求自己的幸福、成功和梦想，你的人生必须以你自己为中心。想想看，你一辈子都试图讨好其他人，而与此同时你还希望能实现自己的所有目标——这可能吗？不可能。让人惊奇的是这世上很多人（在印度尤其多）都在为别人做出妥协中度过自己的一生。我曾经也是这样，花了好长一段时间才意识到自己的错误。

> 如果你想追求自己的幸福、成功和梦想，你的人生必须以你自己为中心。想想看，你一辈子都试图讨好其他人，而与此同时你还希望能实现自己的所有目标——这可能吗？不可能。

当你在生活中面临抉择时，你首先会考虑谁的利益？是你自己，还是其他人？假如我告诉你有一份新工作，薪水是你目前工作的两倍，不过你要去另一个城市。你首先想到的是什么？你想的是："啊，真是一个好机会，可我的孩子还在上学，他们怎么办？还有我父母呢？我的朋友圈呢？"还是："啊，天啊！这太好了！我这就出发！"

如果你想在人生中有所进步，或者只是想过得幸福，你就应该选择后者。你要达到这样一个境界：无论发生什么事，你首先考虑的是你自己。假设你和朋友在一家餐馆点了一个比萨饼，每个人轮流拿一片。如果你是第一个，你会怎么做？你会选择最大最好的那一片吗？还是选择较小的一片，好让朋友们开心地享用其余部分？别纠结了，直接选择最大最好的那片，只要不妨碍你的健康饮食和健身计划，你当然应该选择最大最好的了！

你应该考虑将自己视为人生中最重要的人。你将成为自己人生中的王者，你才是最重要的。尽力爱你自己，无论发生什么情况，你都不应该牺牲自己的幸福和需求做出妥协。

我这是在让你变成一个混球吗？不是。不过在某些情况下你会被别人视为"混球"。不管怎样，你应该改变自己的思维方式，开始用这种方式进行思考。

"可我还要考虑人际关系啊。"你内心的一个声音反驳道，"家人和朋友难道不重要吗？""我怎么能变成一个自私的混球呢？我不应该成为一个乐于奉献的人吗？"

放轻松，深呼吸。我并不是说人际关系不重要，事实上，人际关系很重要。把自己放在首位并不意味着你只在意自己并忽略其他所有人——那就是自私了。把自己放在第一位并不等同于自私，而是关心自我。比如在一架飞机上，机组人员让你先戴上氧气面罩，然后再帮助其他人也戴上。生活中也是一样。如果你不把自己的需求放在第一位，你又怎能帮助别人？当然了，分享比萨饼不过是一件微不足道的小事，你可以把最好的让给别人。可如果事关你的人生目标呢？你会让人生目标退居次位吗？再看看陪家人去购物中心的例子，如果你做出妥协，不情不愿地陪家人去购物中心，其后果是让你这一晚上睡不好觉，导致第二天的锻炼计划泡汤——你这么做正是让自己的人生目标退居次位。类似的情形如果在一周中发生几次，可能会导致你长期睡眠不足，注意力难以集中，工作表现不佳，让你无法实现健身目标和职业目标。一个目标性很强的人会把自己放在首位。先考虑自己，然后才是其他人。这并不是说你只应考虑自己，而是"先己后他"。

我曾经听说过这么一句话：做你自己，世界会为你而改变。这话不错，把自己放在首位之后情况就会发生如此变化。其他人会考虑到你的需求。过一段时间之后，他们会说："哦，我知道你想早点睡觉，你现在不想去购物中心。没事的，你休息吧，我们自己去好了。不然我们周日再去吧。"

看到了吗？如果你明确表示你认为什么好什么不好，那就等同于向其他人发出一个信号，让他们尊重你和你的需求。他们的需求也一样得到满足，只是无须以牺牲你的需求为代价。

## 我如何改掉取悦他人的坏毛病

在我大部分人生中,我总是想取悦别人。我想让周围的人都喜欢我。在我上小学时,我学会了讲笑话。我讲笑话逗得周围的人哈哈大笑,非常开心。听起来很棒,对吧?一切都好,只是后来发展到这样一个地步:我不能容忍周围的人对我流露出任何不快或失望的神色。如果我正在做一件事,而周围某个人的脸微微抽动一下,那我的心情就毁了。类似的反应延伸到生活中的方方面面。在聚会上,哪怕我不是主人,我也觉得自己有责任让所有人开心。我把精力都放在如何取悦亲戚、朋友和家人上。无论他们说什么,我都会轻易表示赞同。或许正是因为这个,我才成了作家……我想让其他人都喜欢我。即使身为一个作家,对于那些不喜欢我作品的评论家,我也曾想赢得他们的好感和肯定,给他们留下深刻印象。

在此过程中,我的需求消失了,被湮没了,最后甚至发展到这样的地步——我已经不知道自己的人生目标是什么了。后来我才意识到很多人都是这样的。或许你也是。如果你不知道自己想要什么,你又如何去争取呢?我花了几十年才明白取悦他人的行为以及不断获取他人肯定的尝试是永无止境的。我必须停下来。

取悦他人不仅仅意味着你为他人而活,还意味着你终此一生都要在人前作秀表演。或许出于某种原因,你想让某些人赞扬你,敬畏你,对你所做的任何事都说一句:"哇,太棒了!"为此

> 你会从事自己痛恨的工作，戴上掩盖真实自我的假面，追求你认为这些人会喜欢、可你自己未必喜欢的东西。在你醒悟之前，你的人生就是弥天大谎。你不再真诚地面对自己，你不再追求那些真正能引起你共鸣的目标。你的生活就如同一场傀儡戏。而你就是傀儡，其他人则通过看不见的细丝控制你的一举一动。有趣的是其他人或许根本没意识到他们正在控制你，他们甚至无意控制你。而你却浪掷自己的人生，妄图获得他们的肯定。

## 我也曾是一个傀儡

当我决定以写作为业时，我辞掉了银行的工作。而我所有朋友都继续从事银行业。银行业从业者最看重的就是钱，因此他们问我最多的问题就是："你当作家能挣多少钱？"而当时我的写作事业才刚起步，因此我通常会回答："挣得不多。"

我之所以当作家并不是为了挣大钱。如果我想挣大钱，那我继续从事银行业就好了。然而，不知怎的，朋友们的这个问题扰乱了我的心神。我想向他们证明我作为作家也能挣大钱。在接下来的10年里，我拼命工作——进行无数场励志演说，每年乘坐几百趟航班飞来飞去，出书，拍电影，写专栏，上电视，甚至参加真人秀（老实说，现在我也想不通自己为什么要这样做）。我整个人超速运转，只为了能尽量多挣点钱。我发胖了，不再健康,最重要的是我已经忘记了自己开启写作生涯的初心——表达自我。而新冠疫情如同当头棒喝,让我回归现实。我的大多数工作——演讲、乘坐航班出差、宣发活动、电影拍摄……所有这一切突然中断,仿佛有人踩下了急刹车。疫情的大手强有力地按下了暂停键,让我有机会反思自己的人生,思考何为真实的自我。我意识到朋友提出的问题并不重要。这是我的人生,我必须按照自己的心意而活。直到今天,我的朋友们或许还不知道他们一个毫无恶意的问题竟然能在我心中掀起惊涛骇浪。

我试图跳出耗尽自己一生取悦他人的怪圈。现在我试图为自己而活。例如,我写这本书纯粹是为了帮助别人。这本书所写的正是我的心声。我认为尽管如今人们有足够多的娱乐,然而他们在实现人生最大价值方面却需要指导。出于纯粹的目的而写作,不是为了金钱或名气,不是为了满足他人的期许,不是为了获得外在的成功——这么做有助于将我的创作满足感和幸福感提升到一个新境界。而我相信这最终会为我带来更多的外部成功。

.......................................

**要点:**

- 如果你想追求自己的幸福、成功和梦想,你必须让自己成为人生的中心。
- 把自己放在首位并不意味着你只在意你自己——那就是自私

了。把自己放在首位不等同于自私，而是关心自我。
- 明确表示你认为什么好、什么不好，其他人就会理解并尊重你的需要。
- 不要试图取悦所有人——这只会增加你的压力，只会鼓励／允许其他人控制你。
- 你只有在自己获得幸福后才有可能为他人带来幸福。

当天晚上维拉杰又来了，他并没有事先打个招呼。他手里拿着一个小冰盒。

"维拉杰？我没有叫外卖啊？"

"我给您带来一点冰激凌。一家新开张的餐厅正在搞促销活动。他们免费送冰激凌给和他们合作的外卖员。"

他把砖头大小的冰盒放在桌上。冰盒里放着两杯草莓冰激凌。

"如果这是送给和他们合作的外卖员，那就是给你的了。"我说。

"我希望能送给您，就当成是一份谢礼吧。谢谢您为我做的一切。"

他看着我，面露微笑。我走上前去拥抱他。

"谢谢。"我说。

"再说了，我正在进行健康饮食，"他说着抓抓腰间的赘肉，"必须把这玩意儿给甩掉。"

"好极了。所以你自己要保持身材，却想让我发胖？"

"不，不是……"

"没事啦，"我说，"我会小心的，分成小份来吃。"

"我把阿琵塔的电话号码删了，奇坦……先生。我在 INS 上拉黑她了。事实上，我把 INS 也卸载了。"

"你的进步很大嘛，感觉如何？"

"迈出这一步挺难的。从现在起，正如您所说的，我要为自己而活。"

"很好。"

"您看我又来了一次，能不能再告诉我一条规则？"

"我们说好了，每天一条秘密规则。"

"求您了，就改成每次碰面说一条规则，我等不及了。"

"好吧，下不为例。让我们来谈谈第四条规则——掌握简单的英语。"

# 第 4 课：掌握简单的英语

英语是世界贸易、国际外交和文化的通用语言，
同时也是互联网和社交媒体的通用语。
学好英语能让你接触到一个充满机遇的世界。
——英国文化教育协会

**你必须很好地掌握简单的英语口语和英语书写。**

（注意：如果你已经具备较高的英语水平，你大可以跳过这一章，不过读一读也没什么坏处。）

我是一个在德里长大的印度人，我的母语是印地语。在大部分时间里，我说的是印地语，思考时使用的也是印地语。然而，我却成了一个用英语写作的作家。假如我使用印地语写作，我取得的成功和名气能达到现在这种程度吗？我还会是现在的我吗？

我实在说不准。我认为，我的英语口语、阅读和写作能力很不错，从而让我达到了这种高度。假如我没有这些能力，我是无

法达到这一高度的。如果我用英语之外的语言写作，我就不可能像现在这样成为某些圈子的座上宾。我会受邀参加全国性的会议和小圈子会议吗？《印度时报》是印度的英语主流日报，假如我没有成为这家报纸的专栏作家，我在这方面的简历会和现在一样吗？《时代》周刊还会把我纳入"全球最具影响力100人"吗？

在印度，我们使用自己的母语和人交谈，在听歌、看电影电视时听到的也是自己的母语。然而，我们会很自然地将英语说得好的人归为更高阶层，认为他们比英语说不好的人更高一等。造成这一现象的历史原因有很多，其中最主要的原因是印度被英国人殖民了两百多年。英国人培养出一群擅长使用英语口语和英语书写进行交流的印度精英，让他们帮助英国政府管理这个国家，并且让他们得到丰厚的报酬。他们拥有豪华的居所，能获得更多的机会，能接触到其他有影响力的精英，还能获得诸多好处。由于英国把自己的文化放在至高无上的地位，因而这群会英语的精英也显得更有文化。虽然英国人离开了，可这个说英语的印度精英阶层却留了下来。虽然此时印度已经独立，但这群人的孩子依然说着英语，在长大后获得了这个精英阶层的特有机遇。他们维护着这个用英语交流的精英圈子。不过近年来越来越多的印度人已经挤进了这个说英语的精英圈子。

英语为什么被放在如此高的地位？其原因还有很多，若想深入讨论就得写一篇长文，甚至是写一本书。本书并不想就此展开。就本书的目的而言，只要知道这种认为英语更高一等的偏见

> 在印度，如果你说不好英语，你便无法获得某些机会，你在选择某条人生大道时也会发现此路不通。

一直延续至今就足够了。在印度，如果你说不好英语，你便无法获得某些机会，你在选择某条人生大道时也会发现此路不通。事实就是这么简单。没有哪个跨国公司会雇用你，顶级银行业的工作也与你无缘。你甚至难以找到白领工作。在你进行工作面试时，如果你说英语时磕磕巴巴，很多公司的面试官会大声嘲笑你，让你落荒而逃。本章开头的引言源自英国文化教育协会（当然了，这一协会以推广英语为要务），而这段引言叙述的正是百分之百的事实。

当然，在印度也有一些英语不好的人取得巨大成功的事例。许多顶级企业家、全国性体育明星和电影明星不懂英语，但他们还是获得了成功。然而，这些只是特例，并不能改变常态。在印度，最常见的阶层铁门就是这种语言——英语，正是它阻碍你实现阶层跃升。

在印度，人们的英语水平也各有差异——了解这一点至关重要。为了易于理解，我根据人们的英语水平将他们划分为三类：英语零级人士、英语一级人士和英语二级人士。

1. **英语零级人士**：这一人群不懂英语，或者根本不说英语。这群人的职业选择受到很大的限制。在中国或日本，假如你根本不说英语，你还是有机会成为某家银行的董事。然而在印度，假如你不懂英语，你想成为某家银行支行的经理都绝无可能。你只能成为一个蓝领工人——保安、司机、厨师、快递员或工厂工人。你也可能成为电工、水暖工、手机维修工、焊工、工头甚至工厂里的车间主任。遗憾的是，在印度，这些工种的薪酬并不高，从事这些工作的人也无法像白领一样获得他人的尊重。在美国，水暖工或电工每年能挣10万美元（按照当前汇率，相当于830万卢比）。尽管美国的生活成本更高，可这样的薪酬在美国也是非常可观的。在印度，水暖工等维修类工作的薪酬远低于白领工作。这种荒唐的现象必须得以纠正。其中包含的政治议题是另一个话题了，本书不再展开。而你要记住的就是英语零级人士面临的境况最艰难。

**2. 英语一级人士：**这一人群学过英语，但其英语水平尚未达到母语水平。大多数学过英语的印度人都属于这一阶层。而我的大部分读者也恰巧属于这一群体。正是他们使我成了一个成功的作家，我为此向他们表达谢意。英语一级人士在学校里学习英语，但在家里却没有使用英语的氛围。他们所去的学校可能是英语学校，也可能是把英语作为必修课的本地语学校。然而，英语一级人士在家里所处的是本地语环境。在我的成长过程中，我就属于这一人群。

有关英语的知识对这群人有所助益，在和英语零级人士竞争时他们的优势更为明显。他们的英语能力可以帮助他们发现机会，让他们可以阅读质量更高的英语课本，进而更好地理解理科科目，并借此通过难度较高的入学考试。条件更好的公司会在面试中选择英语一级人士。如果幸运的话，他们面对的面试考官小组主要由英语一级人士组成，那么他们就有可能获得这份工作。

然而，英语一级人士也有力有不逮的时候，他们也会遭遇失败。其原因在于某些英语一级人士虽然懂英语，但缺乏使用英语流利地进行交流的信心。如果他们的英语口音不够纯正，句法不准确，那么他们在参加求职面试时就有可能被刷下来，得不到梦寐以求的工作。这或许意味着他们会跌至更低的阶层。英语不过是一种语言，其威力竟如此之大！

> 如果英语达不到一定水平，其负面影响相当之大。注意，这里所说的"达到一定水平"并不意味着你的英语要达到牛津水准，也不意味着你能说一口精准高雅、口音纯正的英语——没有这个必要。然而，你的英语水平必须能让你流利地使用英语进行交流。

如果英语达不到一定水平，其负面影响相当之大。注意，这里所说的"达到一定水平"并不意味着你的英语要达到牛津水准，也不意味着你能说一口精准高雅、口音纯正的英语——没有这个必要。然而，你的英语水平必须能让你流利地使用英语进行交流。有关这一问题，本章稍后会进行探讨。

3. **英语二级人士**：英语二级人士人数较少，这一群印度人在英语环境中长大。他们不仅去高级英语学校上学，在其成长过程中，他们所处的也是英语环境。他们的父母懂英语，其水平或许能达到英语一级较高水平，又或是父母本身就达到英语二级水平。在成长过程中，他们看的是英语电视节目和英语电影。他们阅读英语报纸、英语杂志和英语书籍。他们的叔伯姨姑也是说英语的英语二级人士。而英语二级人士家庭结交的朋友大多也属于这一群体。在印度，这一群体就如同一个排外的"见多识广者俱乐部"。事实上，他们只是能很好地掌握英语而已，除此之外也谈不上见多识广。英语二级人士不仅具有丰富的英语知识，而且还能融入其他英语二级人士的圈子。这让他们获得了独一无二的机遇。某些行业（如时尚业、传媒业、英语出版业和艺术圈）尤其青睐英语二级人士。

在印度，这一群体能马上获得旁人的关注。例如，假如一个人英语口语很好，说英语时充满自信，那么旁人就会很自然地认为这个人精明能干，高人一等，不容小觑。

> 在印度，这一群体能马上获得旁人的关注。例如，假如一个人英语口语很好，说英语时充满自信，那么旁人就会很自然地认为这个人精明能干，高人一等，不容小觑。

截至 2025 年，在印度独立 78 年之后，类似的观点依然存在——这本身就不合理。然而这就是现实。我也知道这样的故事：某个推销员非常自信地说着英语，让亿万富翁肃然起敬，刮目相看。实际上这种愚蠢的自卑情结是被殖民历史留下的遗毒。幸运的是，这类观点正慢慢消退。时至今日，如果你的英语太好，那么其他人或许会认为你是异类，并因此而疏远你。如果你说话时使用外来词或夹杂点英语，那么你在印度的工作环境中或许会显得格格不入。

## 你的目标：掌握简单的英语

好消息是你无须达到英语二级水平。你的目标是只需达到英语一级中上水平，成为一个能在使用英语时充满自信的英语一级人士。你的英语口语要达到一定水平，使英语这种语言不再成为你人生路上的绊脚石。你的英语书写同样要达到一定水平，让你能使用正确、连贯和易于理解的英语快速写就电子邮件、备忘录、求职信、展示资料或文件。总的来说，我的写作风格正是使用简单易懂的英语进行写作。正因为如此，我才能跻身于印度最受欢迎的作者行列。你需要的正是使用简单有效的英语进行交流的能力。

## 如何培养英语能力

如今有很多帮助你学习英语的工具可用——书籍、手机App，视频以及网络上随处可见的英语课程。所有这些都能帮助你提升英语口语水平，都能在一定程度上助你一臂之力。

然而，通常来说，如何获取英语知识并非问题的关键。关键在于你生活的环境并非英语环境，这使你无法汲取说英语者的文化。你并没有沉浸在英语电影、歌曲、电视和书籍之中。你生活中遇见的人不会用英语和你进行对话。在这样的环境里，无论你在网上学完了多少英语课程，旁人依旧会发觉你并非来自说英语者的圈子。你说英语时的口音、仪态以及表现出来的不自信与说英语的人有所不同。这就如同通过观看视频和上网课来学习游泳。当你跳进游泳池中，池水仿佛给你当头棒喝，让你产生完全不同的感觉。当你从游泳池中出来，转而跳进大海之中，那又是完全不同的感受。因此，你的英语水平应和在大海里游泳的游泳水平大致相当。而为了达到这一目标，唯一的方法就是不停地练习。

> 然而，通常来说，如何获取英语知识并非问题的关键。关键在于你生活的环境并非英语环境，这使你无法汲取说英语者的文化。

在互联网上搜集学习英语的可用资源是很好的起点。你可以根据自己的经济状况，选择适合你的或能引发你共鸣的学习方式。去试一试吧。当你学完了网课或看完了视频，你要确保自己能继续练习。以下是几条相关建议：

**1. 用英语和周围的人交流**：你也会去杂货店买面包吧？用英语和店员对话。你也会去餐厅吃饭吧？用英语来点菜。假如你打算给客服代表打电话，说英语吧。你说话时可能会磕磕巴巴，可能会犯错，然后你可以慢慢地纠正自己。一段时间之后，你就能自然地说出英语了。

**2. 用英语和家人朋友对话**：这更为棘手。最熟悉你的人经常会对你评头论足，也会给你带来最大的伤害。朋友尤为如此。他们或许会因你试图说英语而嘲笑你，嘲笑你想要成为"满口英语的人"。你的英语口音、语法和句型可能会出错。当你说英语时，旁人或许会暗自窃笑。假如一个外国人磕磕巴巴地说几个印地语的单词，我们会为他喝彩，对他的错误视而不见。然而，如果一个印度人尝试说英语，我们就会嘲笑他。在这种情况下，因遭人嘲笑而产生的耻辱感足以让人萌生退意。可是这耻辱感究竟从何而来？源自情绪脑。第二条规则已经告诉你要控制情绪，而这正是你要做的。你要打消这耻辱的感觉，使用自己的理性脑思考。这时理性脑会说："你必须掌握这门语言。"

于是，你冒着被旁人嘲讽为"白痴"的风险，继续在家里说英语，时时刻刻都说，直到你掌握这门语言为止。当你想让人给你递一杯水时，你可以说英语；当你谈起天气时，你也可以说英语。哪怕其他人用看外星人的眼光看着你，哪怕其他人嘲笑你像个爱出风头的人，你也照说不误。

**3. 阅读，阅读，还是阅读**：你听说过人们夸赞一个人"擅长看电视"或"擅长刷短视频"吗？没有吧？然而，人们会夸一个人"擅长阅读"。书籍能让你成长,能让你的思维变得敏锐,能激发你的创造力。阅读英语书籍可以让英语单词和英语句子充斥于你的脑海之中,让你能越来越自如地使用英语。阅读英语书籍能让你在使用英语交流时显得自信精明,让你侃侃而谈,让你自我感觉良好。有的人会为不读书而找借口(诸如"啊,可我并不是擅长读书的人"),实际上这些人只是懒惰而已。他们并不想为阅读而耗费脑力。不要犯懒了,读书吧!

**4. 用英语思考**:英语二级人士和英语一级人士(或者说能非常自如地使用英语的人和尚未达到这一水平的人)最关键的差别在于英语二级人士用英语来思考。当我用英语问你一个问题并要求你用英语来回答,你会怎么做?比方说,我用英语问你明晚是否有空,此时你的大脑是如何运转的?你是否会先把我的问题翻译成你的母语,在脑子里给出答案,然后再把这一答案翻译成英语?大多数印度人说英语时的思维过程就是这样的。以前我也是这样。

从根本上说,这么做并没什么不对。然而,在交流中多了这两个步骤——在大脑中对输入和输出的信息进行翻译,这意味着你要耗费额外的脑力,也会反映在你的表情和语言上。和英语二级人士相比,你的回答会延迟几秒钟,而这也会透露你正在脑子里对问题和回答进行翻译。此外,由于你在回答前先在脑子里把母语翻译成英语,你可能会把母语特有的句型套在英语上,而不是使用正确的英语句式。比方说,如果你问我的名字,我会用印地语说："Main Chetan Bhagat hoon（我，奇坦·巴哈特）。"这一回答如果直译为英语就变成："Myself Chetan Bhagat（我自己奇坦·巴哈特）。"而这样的回答会让我露馅，让旁人明白我并非英语二级人士。正确的回答应是："My name is Chetan Bhagat（我的名字是奇坦·巴哈特）。"如果你用英语思考，你就不会碰到这样的问题。试着用英语思考吧。想想今天的天气如何。你脑子里所想的是："Thodi garmi hai"，还是英语"It is a bit hot（有点热）"？同样，你可以想想墙壁的颜色，在路上跑的车子，以及你周围的一切——不过都要用英语来思考。慢慢地，你会发现在自己所处的日常环境中，你能用越来越流利的英语来回应所有的一切，就像使用自己的母语一样自如，而随时使用英语进行交流也变得更加容易，紧张感也减轻了。

**5. 寻求帮助：** 为了掌握英语，你自己能做的事有很多，不过在需要帮助时也不要迟疑。你可以根据自己的经济状况，就近参加最好的线下英语培训班。你可以在网上寻找英语口语练习方面的App。诸如Cambly这样的App能让你和世界各地的以英语为母语者连线，而他们还会给你反馈。

把学习英语当成一大要务。不要因无法自如地使用某种语言而使这原本艰辛的生活变得更为艰辛。要知道，仅有关于英语的知识还不够。你必须具有较好的英语能力，大量阅读

▌把学习英语当成一大要务。不要因无法自如地使用某种语言而使这原本艰辛的生活变得更为艰辛。▎

英语书籍，用英语思考，并且流利地说英语。如此一来你就能摆脱束缚，一个原本将你拒于门外的充满机遇的世界将向你敞开大门。

## 要点：

- 如果你想有所进步，培养英语的阅读、写作和口语能力至关重要。
- 你使用英语交流的能力应达到一定水平，使英语不再成为你人生路上的绊脚石。
- 你的英语书写能力应达到一定水平，让你可以使用准确易懂的英语在短时间内写就电子邮件、备忘录、求职信、展示材料或文件。
- 互联网上有很多英语学习方面的免费资源，然而最重要的还是不停练习——锻炼使用英语说话、阅读和思考的能力。

"我懂点英语，但是我的英语不好。"维拉杰说。

"那就让它变得更好。"我说。

我叫外卖时要了鳄梨吐司，维拉杰给我送来了。他说这一餐品在班德拉大受青睐，电影业从业者们尤为推崇。不过是在一片吐司上抹一层寡淡无味的水果糊糊，居然就卖600卢比！我实在不明白这是为什么。不过这种餐品现在被大肆炒作，我怎么也得试一试。那片吐司比扑克牌还小，我觉得根本就不够作为午餐填饱肚子。

"问题在于在我的家乡和我家里，根本没有人说英语。如果我周围的人说英语，或许我的英语会更好。"

"问题在于你依然将自己的问题归咎于其他人或所处的环境，维拉杰。"我说。

他抬起目光，一脸惊诧地看着我。

我继续说道："很多人一辈子都是这么甩锅的。这就是老生常谈：'假如其他人做得更好一点，我的人生就会更好。'"

"什么？"

"就是一句老掉牙的套话，就是受害者理论。"

"受害者？"

"没错，你把自己当成了受害者。如果你处境不佳，那就必定是什么人或什么东西造成的。而你总是没有错的。在你的家乡没有人说英语,所以呢?你必须做出改变才能提升自己的英语水平。你能掌控的只有你自己,你无法掌控其他人或所处的环境。"

"这倒没错。"

"如果英语是你的弱项,你就必须努力改变。"

"您无法理解。"维拉杰说。

"好吧,现在又变成我的错了。你认为我无法理解你所处的困境。好吧,我无法理解,这是我的错。那又如何呢?这样对你有帮助吗?能让你明白下一步该怎么做吗?"

"好吧,我明白了。这不是您的错,而是我的错。我没有努力学好英语。我会解决这个问题的。"维拉杰说。

"很好,就应该这样。明天见,到时候我们说说下一条规则,"我说着举起那小小的餐盒,"还有,多带点吃的来。"

"好吧,明天的规则是什么?"

"多巴胺。"

"多……什么?"

"明天再说吧。"

# 第 5 课：拒绝廉价多巴胺

> 夫物盛而衰，乐极则悲。
>
> ——《淮南子·道应训》

多巴胺是调节大脑中"动机—奖赏回路"的重要神经化学物质。不要扰乱多巴胺的分泌。多巴胺奖赏只有在付出努力后方可获得，其他任何形式的奖赏都是窃取来的。要通过努力赢得多巴胺，而不是窃取。

## 了解多巴胺

很多人都听说过人类大脑产生的一种神经化学物质——多巴胺。然而，多巴胺究竟为何物却鲜为人知。两本书——安娜·伦布克所著的《成瘾：在放纵中寻求平衡》（*Dopamine Nation*）和丹尼尔·利伯曼与迈克尔·E. 朗合著的《贪婪的多巴胺》（*The Molecule of More*）——详细讲解了有关多巴胺的知识。不过还是让我尽可能用简练的语言来解释一下多巴胺为何物吧。

人类大脑是复杂的生物机制，许多至关重要的脑回路在大脑的不同区域运行。例如，大脑的某一部分负责人的肌肉运动。如果你想动动手，你的大脑就会以电流的形式，通过神经将你的意图发送至手部肌肉，使你做出这个动作。大脑由多个神奇的部分和系统组成，其中之一就是多巴胺能系统，这一系统与多巴胺的产生和分泌有关。多巴胺不仅对运动机能和记忆功能等常规人体机能起到重要作用，还能调节人的动机或欲望——而正是这些动机或欲望引发了几乎所有的人类行为。

比方说，你吃到了美味的食物，感觉很好吃，你还想吃更多，于是便走向自助餐桌去取更多的食物。再比方说你和某人在享受鱼水之欢，又或者只是和你心爱之人亲吻拥抱，没准对方还在你耳边说了几句甜言蜜语，你会因此感到愉悦，并想多多享受。正因为如此，人们才会不惜花费大力气去寻找爱人，或者建立男女关系。再举个例子，假如你喝了酒，觉得很放松，你会因此想喝更多的酒。

注意以上事例中的共同点——"索要更多"，而这正是多巴胺产生作用的结果。如果你喜欢某样东西，而你的身体又发出"索要更多"的信号，那就表明进行这一行为激发了多巴胺的分泌。如此看来，多巴胺这种神经化学物质不仅能让人产生愉悦感，还会激起"索要更多"的欲望。大脑中产生的多巴胺鼓动你去寻求更多让你产生快感的东西。知道这一点很重要。为什么？因为现如今我们所处的世界充斥着大量唾手可得的廉价多巴胺。

在我们所处的这个时代，要想激发多巴胺分泌可谓是易如反掌，你要做的只是喝一瓶啤酒，或抽根烟，或吃高糖食物，或观看成人视频，或刷刷短视频（没错，甚至连刷短视频都能激发多巴胺的分泌）。

你或许会问：这有什么不好呢？如果消耗某样东西或进行某种行为让我们感到愉悦，而我们的大脑又希望索取更多——这又有什么坏处呢？

问题在于要获取这些廉价多巴胺几乎不费吹灰之力。假如某个人打开一个成人网站，那么他不用费什么工夫就能获得快感。你无须付出艰辛的努力就可以一根接一根地抽烟；你不必整日辛苦劳作就可以倒一杯酒慢慢啜饮；你轻而易举就能吞下含糖食物。以上这些行为都能激发多巴胺的分泌，但都无须付出任何努力。如果你把宝贵的多巴胺浪费在这种轻而易举便可完成的活动中，那么你还会为了获取多巴胺奖励而奋斗，付出真正的努力吗？现如今，激发廉价多巴胺分泌的方式无处不在，它们扰乱了你大脑中的"努力—奖赏"系统。既然你喝啤酒、吃薯条就能感受到愉悦，那为什么还要每天花一小时在健身房里辛苦锻炼？为什么还要在晚上多学一章物理而不去玩电脑游戏？既然你可以通宵抽烟刷短视频，为什么还要为了拓展新业务而费心费力？

你要明白这并非正道——明白这点很重要。我们的大脑回路经过了几千年的进化。在远古时期，原始人必须壮着胆子走进荒野，光着脚在石子地上或荆棘丛中走好几个小时，还要冒着被野兽袭击的风险，只盼着能找到一颗野果或猎到一只小动物果腹。如果他们一无所获，那么就只能饿肚子了。他们必须耗费大量的体力才能找到食物。为了获取食物，他们要花很长一段时间，付出艰辛的努力。当他们最终把到手的食物吞入腹中，才能感受到进食的快感。然而，时至今日，我们只需打开厨房的橱柜或冰箱，随意地伸出手，就能拿到自己想吃的东西。

如此一来，当你在生活中接触到大量廉价多巴胺，大脑机制就被扰乱了。既然快感和满足感来得如此容易，我（又或是任何人）又怎么可能说服你付出真正的努力？喝酒或胡吃海塞并不能让你获得任何实实在在的成就。人生中真正的成就只有在经过真正的奋斗之后方能获得。

## 多巴胺耐受性

廉价多巴胺造成的问题可不仅限于扰乱大脑的奖赏回路，还有其他问题。廉价多巴胺给你带来的快感会随着时间的推移而递减。你可以问问烟民的感受。最开始抽的几根烟给他们带来了快感和刺激，然而这样的情形却难以再现。到了最后，大多数烟民之所以抽烟，只是为了避免尼古丁成瘾后造成的戒断反应。假如他们不抽烟，他们就会感到头痛或各种身体不适，难以

▌廉价多巴胺给你带来的快感会随着时间的推移而递减。▟

集中注意力。抽烟已经无法给他们带来快感。而观看色情视频也是一样。过一段时间后你就会对这些东西脱敏,因而需要越来越多的刺激来对逐渐降低的快感进行弥补。进食和刷社交媒体也是一样。到了某个节点之后,你做这些事已经不是为了获得快感了,而是为了解决成瘾后产生的问题。你之所以做这些事只是为了避免种种负面症状,如饥渴和烦闷等。因此你陷入一个怪圈之中。这种廉价多巴胺不仅降低了你的积极性,摧毁了你大脑的奖赏回路,还让你对某样东西上瘾,并且让你在进行任何活动时都无法感受到真正的快乐。廉价多巴胺破坏了你的大脑,摧毁了你的人生。

现如今,大型跨国公司把各种廉价多巴胺推到你的面前,而它们在此过程中则收获丰厚的利润。你可能对某样产品上瘾,如香烟、垃圾食品、酒精、色情视频、电子游戏、社交媒体等,所有这些都会破坏你的大脑。而与此同时某些公司正在从中牟利。它们为你提供了廉价但有害的多巴胺。停下来吧!不要陷入多巴胺的陷阱中,不要虚耗你的人生为某些大公司贡献利润。

▌你的大脑总是要寻找获取欢乐或快感的捷径,总是要追求短暂的即时满足。比方说,现在你要怎么做才能感觉好受一点呢?不知不觉中,你的大脑已经给出了答案,并引导你拿起一块饼干或一杯酒,或者拿起手机刷短视频,又或是寻求其他形式的廉价多巴胺。👍

这些全球性大公司花费几十亿美元做推广，只为了引诱你落入他们设下的多巴胺陷阱中。要想从陷阱中脱身可是一项具有挑战性的任务。你的大脑总是要寻找获取欢乐或快感的捷径，总是要追求短暂的即时满足。比方说，现在你要怎么做才能感觉好受一点呢？不知不觉中，你的大脑已经给出了答案，并引导你拿起一块饼干或一杯酒，或者拿起手机刷短视频，又或是寻求其他形式的廉价多巴胺。

## 怎么做才能停止追求廉价多巴胺

你必须了解为什么要拒绝廉价多巴胺——这是第一步。之所以要拒绝廉价多巴胺，是为了恢复你大脑中的"努力—奖赏"回路。我并不是让你像石器时代的原始人那样跑去猎取食物。用不着这样，你大可以享受冰箱和切片面包之类的现代社会便利。不过，你应该确保在自己清醒的大部分时间里，进行需要付出努力且富有成效的活动——学习、完成小目标、打扫房间、拨打重要的业务电话、另找一份工作，以及将自己的商业理念付诸实施等让你为之付出辛劳的事。你的大部分日常活动必须围绕着你的长期目标进行，而你则要在进行这些活动中付出一定的努力。尽管能激发廉价多巴胺的活动很有趣，可你还是要注意适度。

## 我如何应对廉价多巴胺问题

廉价多巴胺的诱惑包围着我们，我同样也会受到影响。我当前的目标是让自己变得更健康，并且完成这本书。理想的情况是我每天大部分时间都应该为实现这两个目标而努力。除此之外，我还要做一些重要的日常工作——报税、理财、处理各种杂事、完成一些文案工作、回复邮件，也可能要为出差打包行李，诸如此类。我同样也要为这些事耗费自己的精力。

上述这些活动都不可能马上让我获得快感，但是当我富有成效地完成了一天的工作，我会感到满足。能让人获得快感的廉价多巴胺无处不在，有时我也想刷刷 INS 的短视频，上 X（也就是以前的推特）去看看有什么新闻，又或是在当天第五十次查看 WhatsApp[1]。然而，这些事都不是非做不可的，而且对我也没什么好处。不过进行这些活动能获取些许廉价多巴胺，正是这点多巴胺引诱我做这些事。而我的工作进度会因此放缓。在健身方面，我喝咖啡时想吃块饼干，在晚上和朋友聚会时又想喝杯酒——而这又与我的健身目标相悖。然而，吃喝行为激发的廉价多巴胺让我欲罢不能。

我试图用一句魔咒来应对这些问题，这句魔咒就是"适度"。我工作到一定时间也会休息一下，放松放松。我对自己摄入的食

---

1 WhatsApp：一款即时通信软件。

物多加留意，但也时不时地放纵一下。如果我和朋友会面，我尽量不喝酒，即使喝也只喝适量。我也会刷社交媒体，不过我刷着刷着会意识到这对我没有好处，然后再次默念那句魔咒——"适度"。我的目标让我时时记得要控制廉价多巴胺，而这也变成了我的日常目标之一。

## 目标导向型人生——对抗廉价多巴胺的良药

目标导向型人生自有其美妙之处。其美妙在于你把每天大部分时间都花在为实现这些目标而付出的努力上。如此一来，你会自然而然地远离那些产生廉价多巴胺的源泉。比方说，如果我计划每天写5页书，我会围绕这个目标安排一天的活动。当我实现了当天的目标，我会感到快乐和满足。同样，当我完成一天的锻炼任务，我也会感觉良好。而这些快乐、满足和愉悦并非来自廉价多巴胺，而是来自艰辛的努力。现在让我感到愉悦的多巴胺已经变成了"经过努力方可获得的多巴胺"。我尽量把廉价多巴胺降到最低，而我大脑中的奖赏回路就会回归正轨，按照自然的设定工作。

到了第二天早上，当我进行写作或锻炼时，大脑就会自动产生多巴胺。如此一来便形成良性循环，而大脑的奖赏系统开始为我服务，自然而然地推动我实现自己的目标。经过努力方可获得的多巴胺和廉价多巴胺大不相同。廉价多巴胺会让你远离自己的目标。假如你一生都沉迷于廉价多巴胺之中,你就会一事无成,甚至毁了自己的人生。而另一方面,经过努力方可获得的多巴胺却可以推动你更上一层楼。

经过努力方可获得的多巴胺还有一大好处,那就是它不会失去效力,也不会让你的身体和心智对其产生耐受性。即使经过一段时间之后,在你完成了每日锻炼目标或认真学习之后,你依然能获得快感。而这正是人生成功的秘诀——找到你喜欢从事的、能为你带来收获的活动,而从事这种活动又能让你大脑中的多巴胺回路以健康、正常和有效的方式运转,同时又不会让它丧失效力。

> 而这正是人生成功的秘诀——找到你喜欢从事的、能为你带来收获的活动,而从事这种活动又能让你大脑中的多巴胺回路以健康、正常和有效的方式运转,同时又不会让它丧失效力。

## 多巴胺排毒法

如果你一心一意地朝自己的目标进发,你就会自然而然地远离廉价多巴胺。但如果你已经对某种廉价多巴胺上瘾了,又该怎么办呢?事实上,你甚至很难清楚了解自己是否已经上瘾。或许你自己都没有意识到,也可能意识到了但羞于承认。现在我可以大方地承认,我以前也对所有形式的廉价多巴胺上瘾,有时还会无法抵挡诱惑,偶尔放纵一下。这本书的前提是——要承担极端的责任。即在自己搞砸事情时，能够意识到并坦然承认，而不感到羞愧。

打开你的手机，查看一下手机使用时间 App，看一下你

> 这本书的前提是——要承担极端的责任。即在自己搞砸事情时，能够意识到并坦然承认，而不感到羞愧。

每天花了多少时间刷手机，你还能看到自己在哪个 App 上花的时间最多。你是不是每天花了几个小时来刷 INS 或 YouTube？如果事实果真如此，或许你会发现自己对刷社交媒体上瘾了。再查看一下你这一周吃了什么，或许你会发现自己对含糖食物上瘾了。你在一周之内登录成人网站的次数是多少？3 次？5 次？还是 7 次？这同样也是一个问题。你之所以期待和朋友们聚会，主要是为了找个借口喝酒吗？你每周喝了多少杯酒？10 杯还是 15 杯？所有这些成瘾问题都会阻碍你成长，你必须切断这些廉价多巴胺的来源。而最好的方法就是进行"多巴胺排毒"——在较长的一段时间内（最好是 30 天），停止进行激发廉价多巴胺的行为。

你需要制订一个循序渐进、逐步减量的排毒计划。而"瘾君子"们正是借助这样的计划来控制毒瘾的。假如你对某种行为上瘾，你可以每周减少 10% 至 29% 的此类行为，直到将廉价多巴胺的消耗量降至零。

烟民、酒鬼以及其他有成瘾问题的人喜欢"一次过关"——一次性完全戒断。这或许对你适用，不过你必须具有坚强的毅力，能够忍受强烈的戒断反应并熬过这一阶段。但我向你保证，

如果你真的做到了，情况会逐渐好转。

试着不要使用手机，坚持一两天——听起来很吓人，对吧？那么或许逐步减量的方法对你来说更合适。如果你对食物、酒精、色情视频或香烟的成瘾问题非常严重，我强烈建议你去咨询医生或成瘾治疗师。不过对大多数人而言，30天的戒断排毒足以让你的大脑恢复正常。

---

### 对多巴胺机制和成瘾问题的深入了解：低谷和波峰

为了弄清人为什么会对某样物质或行为上瘾，了解多巴胺在大脑中的运作机制甚为重要。斯坦福大学成瘾研究方面的教授安娜·伦布克在其著作《成瘾：在放纵中寻求平衡》中对这一问题进行了探讨。无论我们是否进行了激发多巴胺分泌的行为，我们大脑中都存在一定量的多巴胺——而这个量被称为"基线水准"，反映了大脑中多巴胺这种神经化学物质的稳态水平。当我们进行了某种能为我们带来快感的行为，大脑中的多巴胺水平就会上升，达到一个高于基线水准的波峰。

最终，波峰会消失，多巴胺水平会下降至基线水准。然而，每当多巴胺水平形成一个波峰，几个小时后的多巴胺基线水准都会低于之前的水平。你可以把它想象为一个盛水的容器。当容器静止时，容器中的水平线即基线水准。如果你搅动容器中的水，水面会起伏不定，形成一个个波峰。然而，在此过程中一些水被泼溅出来，就此消耗掉了。因此，当水面恢复平静，新的水平线就会低于之前的水平线。而多巴胺基线水准降低会让我们情绪低落，缺乏追求任何目标的动力。

比方说，你吃了高糖食物或喝了酒，又或是刷了一个小时短视频。在此期间你大脑中的多巴胺水平升至一个高点。然而在一段时间之后，多巴胺水平必定会陡然下降，恢复到较之前更低的基线水准。正因为如此，一个人在喝酒喝个通宵或观看色情视频发泄欲望之后会觉得情绪低落，无精打采。

为了避免情绪低落，大脑会产生重复这一行为的欲望，希望能通过此举将多巴胺水平推向一个新的高潮，借此提升多巴胺的总体水平。于是我们再次重复这一行为，再次获得高潮，从中汲取些许快感。然而，这也意味着更多的多巴胺被泼溅出去，被浪费掉了。结果多巴胺的基线水准就变得更低。如此一来，最终我们就会感觉更加糟糕。

除此之外，每一次消耗多巴胺之后，我们都会对多巴胺产生耐受性。因此即便是短暂的高潮和愉悦也逐渐减弱。最后，廉价多巴胺的追逐者为了获得逐渐降低的高潮会消耗越来越多的多巴胺，最终陷入成瘾的怪圈。不断追逐高潮导致多巴胺基线水准不断下降，

> 最后，廉价多巴胺的追逐者为了获得逐渐降低的高潮会消耗越来越多的多巴胺，最终陷入成瘾的怪圈。

> 而这意味着随着时间的推移,一个人做事的动力不断消退,而情绪也一直处于低落状态。这还会导致更为严重的症状,如抑郁、对生活中几乎所有一切都缺乏兴趣等等。廉价多巴胺正是以这种方式来摧毁你,它会泯灭你的积极性,扑灭你的快乐,毁掉你大脑中的奖赏回路,让你放弃自己的目标,最终陷入绝望。

## 基线水准多巴胺以及如何使其恢复

如果多巴胺的基线水准降得太低,那么这种神经化学物质就很难为你提供动力。无论你看了多少励志视频或书籍都于事无补,你的大脑就是不愿工作。相反,一个成瘾者的大脑会不停地追寻廉价多巴胺带来的快感。

幸运的是,我们可以解决多巴胺基线水准过低的问题。之前提到的多巴胺排毒法就是一种解决方法。你所要做的就是远离让你上瘾的物品或停止令你上瘾的行为,坚持 30 天。这一个月的戒断期会让你的多巴胺系统得以恢复,而多巴胺基线水准也会恢复到原来的水平。在戒断排毒期内,你要确保自己拥有高质量的睡眠。科学研究表明,高质量的睡眠能帮助恢复多巴胺基线水准。

在戒断期内,你应该主动做一些需要付出努力且会带来不适的活动。这会让你感受到付出真正努力时产生的痛楚,而这也会让你的大脑分泌更多的多巴胺进行补偿。某些具有挑战性的活动会让你感受到痛楚，但又会让你有所收获——诸如高强度运动、洗冷水澡（也不要冷过头！）、长时间学习以及为实现目标做必做之事等活动，而这类活动能提升多巴胺的基线水准。

## 保持多巴胺基线水准不下降

当你的多巴胺基线水准恢复到较高水平，你要将多巴胺基线水准维持在高位，因为它能持续为你提供动力，使你得以朝自己的目标进发。此外，在一般情况下，它还能维持你的好心情。如果有需要，你也可以让廉价多巴胺再次进入你的生活中。然而在此过程中，你必须保有明确的目的性和清醒的意识，而最重要的是要适度。在你的生活中，廉价多巴胺只是偶尔尝尝的小菜，绝不是你人生的主菜。不要为了追逐廉价多巴胺带来的快感而虚耗自己的一生。廉价多巴胺并不廉价，它们最终会让你付出巨大的代价——甚至是你的整个人生。

........................................

**要点：**

- 多巴胺这种神经递质能刺激你的大脑，使其对任何为你带来快感的物质或行为索要更多。

- 廉价多巴胺指的是你从唾手可得的物质或轻而易举便可完成的行为中所获得的快感。此类物质或行为包括抽烟、垃圾食品以及刷短视频。
- 廉价多巴胺会扰乱你的大脑功能。因此，约束自己对廉价多巴胺的渴望、转而关注真正有意义之事就显得颇为重要。对于任何可能让你上瘾的事物，你可以使用一句有效的魔咒——"适度"。
- 用经过努力方可获得的多巴胺来替代廉价多巴胺。目标导向型人生是对抗廉价多巴胺成瘾问题的良药。在实现人生目标（如拥有健康的外表和良好的自我感觉、为获得一份更好的工作而努力等）的过程中获取快感。
- 如果你想戒掉廉价多巴胺，你可以停止成瘾行为，坚持30天，让你的多巴胺系统得以恢复。

"看看我吧，我还要了比萨，"我说，"而就在此时我还教育你要远离廉价多巴胺。"

我打开维拉杰带来的比萨盒子。

维拉杰微微一笑。"这是健康比萨，外层的酥皮很薄，没放奶酪。我看到您的订单了，奇坦先生。老实说，这根本不算是比萨，"维拉杰说，"只是加了西红柿的面包。"

"说得没错，"我说，"这是在那家新开张的健康餐厅叫的外卖。哦，老天！他们到底把比萨怎么了？"

我咬一口比萨——感觉这比萨根本没有灵魂。吃起来还行，算不上美味，但还过得去。好吧，我还可以将就。

"我觉得所有人都对廉价多巴胺上瘾。"维拉杰说。

"说得没错，我也有这个问题。之前你给了我两个冰激凌，我一口气吃完了，根本没有分成小份吃几次。甜食是我难以抵挡的诱惑。"我说。

"我所有朋友也都有成瘾的问题，"维拉杰说，"他们总是在刷手机。"

"这是新一代面临的问题。你们这些孩子在小时候就能接触到智能手机了，而我们却不一样。"我说。

"还有色情视频，我所有朋友都会看的。可我们又能怎么办呢？"

"什么意思？"

维拉杰脸红了。他摇摇头，面露微笑。

"说出来吧。"我说。

"我们没有女朋友，没有机会和真人做爱。然而我们也是有性欲的。"维拉杰说。他在说到"做爱"和"性欲"这两个词时把嗓音压得很低。

"所以你们的解决方式就是看色情视频，对吧？通过这个来发泄性欲什么的？"

"这的确有助于发泄欲望，可只能持续短短一段时间。在那之后我会变得无精打采。我不想去锻炼，不想去找新工作，也不想学习。我只想躺在床上，吃垃圾食品，睡觉。"

"的确，这是因为在通过观看色情视频获得快感之后，你的多巴胺基线水准降低了，你试图通过吃垃圾食品来让它恢复到原有的水平。而吃了垃圾食品之后，你的多巴胺又会升到一个高点，但持续时间很短。因此到了最后，你感觉更糟糕了，明白了吗？"

"说得对，我现在明白了。如果这样持续下去，到最后就会把自己的人生搞砸，变成像我这样的失败者——满身肥肉，无精打采。"

"你不用对自己那么苛刻，维拉杰。"

"可这就是事实。不管怎么说，我要戒掉廉价多巴胺。我要通过努力来赢得多巴胺。这么做很不容易,不过我会尽力的。"

"很好,你很有悟性。明天见,到时候我告诉你第六条规则。"

# 第 6 课：迎难而上

平凡与非凡仅一字之差，然而这点差别却意味着额外的努力。
　　——吉米·约翰逊[1]

　　人生充满艰辛。如果你回避困难，最终你会陷于更加艰难的境地。最好还是迎难而上，克服困难。

　　从前有个人名叫鲍比，他 35 岁，在一家银行工作。鲍比的信条是享受人生。他说如果不能享受感官的愉悦、经历的快乐和内心的愉悦，那人生还有什么意义？他的话听起来挺有道理，很难驳倒。他认为幸福来源于享乐。他随心所欲地胡吃海塞——香料硬豆咖喱、薯条、玫瑰果、冰激凌、黄油鸡……只要是他觉得味道不错的，他想吃就吃。

　　食物为他带来了真正的欢乐。他喜欢威士忌，喝起酒来就像

---

[1] 吉米·约翰逊（Jimmie Johnson, 1975—）：美国知名赛车手。

鱼喝水一样。他能品出不同啤酒的香味和风味，在这方面他俨然成了一个专家。他每天都在胡吃海喝。他觉得自己正在尽情地享受人生。他认为获得幸福的秘诀在于追求享乐，逃避痛苦。他一直懒得去锻炼。他家里有一张舒服的沙发，还有一台大屏幕的纯平电视。每天晚上，当他从银行下班回来，他就在电视机前的沙发上坐下来。他会为自己倒一杯上好的威士忌，加上冰块，再弄一盘炸得酥脆的咸味零食。这样他就可以一边吃零食，一边看自己最喜欢的电视节目。

他往沙发上一靠，感叹道："啊，这就是人生，这就是幸福。"

当然了，很多人赞同他的观点。在谈及尽情享受人生这一话题时，他们总会把鲍比当作榜样。他才不会承受压力，也不会让自己的人生变得辛苦。他不会让诸如保持身材之类的愚蠢问题来烦扰自己。大家都说鲍比树立了一个榜样，让所有人明白应该如何度过自己的一生。

时间渐渐流逝，一转眼鲍比已经40岁了。他发福了，五年内他重了20公斤。然而鲍比对此并不在意，他只是买更大号的衣服——原本他穿L码的，现在换成XXL码的。朋友告诉他，像他这种热爱生活的乐天派自然心宽，而心宽则体胖。鲍比继续无节制地吃喝。在度过漫长的工作日之后，他独自一人胡吃海喝；在周末的时候，他和朋友们一起大吃大喝。

又过了一段时间，鲍比50岁了。在过去这十年里，情况发生了些许改变。鲍比病倒了几次。他的医生说他患上了高血压和糖尿病，不过这两种病在这个年纪的人中很常见。成百上千万处于这一年龄段的印度人有糖尿病或高血压，或者两者兼有，因此鲍比并不孤单。医生还对他说现在他体重 120 公斤，超重了 40 公斤。

"那有什么办法？我就喜欢吃啊。"鲍比大笑着说。

医生给鲍比开了六七种药，帮助他控制血压、血糖、胆固醇以及其他重要身体指标。

鲍比为自己遇到一位能为他治好所有病痛的医生而庆幸。他回到家，还是像以前那样过日子。

两年之后，52 岁的鲍比因心脏病发作而离世。他的朋友们为他哭泣。他们怀念鲍比——他是一个"尽情享受生活"的人，一个"随心所欲"的人，一个"幸福"的人。之后他的朋友们回到各自家中，继续自己的生活。鲍比的故事就此结束。

遗憾的是，这样的故事在今天很常见。"鲍比们"认为获得幸福人生的方法很简单，那就是追求享乐、逃避痛苦。如此一来，他们便能度过充满欢乐、毫无痛苦的一生。万岁！这就是幸福的人生！

然而，这些都是错误的。现在你已经对大脑中的多巴胺机制有所了解。廉价多巴胺带来的快感只能暂时将多巴胺水平推上高潮。廉价多巴胺只会扰乱现有的多巴胺分泌，随之而来的必定是多巴胺水平陡降以及多巴胺基线水准降低。产生或分泌多巴胺的唯一方法是付出真正的卓绝努力，承受痛苦，做那些让你难受的事。如此一来，为了进行弥补，又或是让你能忍受下去，大脑就会分泌新的多巴胺。

因此，追求享乐和安适并不能让你拥有幸福、充实和上进的人生。相反，如果你想拥有这样的人生，你应该付出一定的努力，承受奋斗中带来的压力。

> 追求享乐和安适并不能让你拥有幸福、充实和上进的人生。相反，如果你想拥有这样的人生，你应该付出一定的努力，承受奋斗中带来的压力。

鲍比的人生幸福吗？这取决于你对"幸福人生"的定义。有人说尽管他的寿命不长，可在他活着的时候他尽情享受人生了。让我们更加仔细地审视一下鲍比的"幸福人生"。

首先，他本可以更加长寿。假设他本可以活到 85 岁，而他却在 52 岁时去世，因此和预期寿命相比，他少活了 33 年。你认为早死是幸福吗？即便是在这 52 年里，他在 40 出头的时候就开始受到病痛的困扰。他体重超重，这意味着他难以四处走动，睡眠质量不佳，他的外表不够健康，自我感觉也不够好。当然了，他喝着最昂贵的酒，吃着最美味的食物。然而，他在寻欢作乐中度过一天之后，廉价多巴胺最终会急速下降。随着时间的推移，食物和酒精已经无法像以前那样给他带来快感了。

## 迎难而上

不要学鲍比,不要回避困难。事实上,如果你想更进一步,获取人生中的幸福,你必须主动迎难而上。想要获得真正的成就都必须经历一番艰辛。坚持学习好几年而后通过入学考试很辛苦;长期保持健康饮食、坚持锻炼很辛苦;求职被拒后继续坚持不放弃也很辛苦;开创一家新公司很有挑战性,也很辛苦——要做到以上这些都要求你能吃苦。

然而,让我告诉你还有另一种"苦"。因不学习而无法通过入学考试很痛苦;身为胖子很痛苦,身为毫无魅力的人也很痛苦;日复一日地做着同一份平庸的工作很痛苦;明白自己永远也不可能实现阶层跃升很痛苦;感觉自己就是个失败者、总是无精打采也很痛苦;总是渴望成功但永远也尝不到成功的滋味很痛苦;生病很痛苦,身体不健康也痛苦,心脏病发作也痛苦。如果你不愿辛辛苦苦地做那些必做之事,你就要吃另一种"苦"——也就是上述所说的这些痛苦。

有一句简单的话只有五个字,而这也是我最喜欢的名言之一,那就是:

人生如登山。

没错。当你领悟了这句话所蕴含的简单而美妙的哲理,所有一切仿佛都变得豁然开朗。从根本上来说,人生就是一场奋斗。人生如同一座美丽的巨大青山,它很美,可只有当你登上顶峰,你才能将人生之美尽收眼底。每天你都要向上攀爬一段。如果你因为太辛苦而不愿攀爬，那你就只能停滞不前，甚至可能向下滑落。

每天当你醒来时，你意识到自己是在爬山。每天都做一些"辛苦之事"，无论是艰辛的体力活动还是考验心智的任务都可以——例如抵制诱惑，改掉懒惰的毛病，在被拒时勇敢地面对，等等。把这些"辛苦之事"当成你日常生活的一部分。每天你都要迎难而上。如若不然，终有一天这些困难会狠狠地砸下来，把你压垮。而真到了那个时候就为时已晚。在你50多岁的时候，你无法让自己失败的职业生涯出现转机，也无法避免心脏病发作。当你回顾人生，你会发现在力所能及之时每天都吃点苦更为容易。人生如登山，而付出努力这一过程也自有其美妙之处。

> 每天当你醒来时，你意识到自己是在爬山。

> 每天你都要迎难而上。如若不然，终有一天这些困难会狠狠地砸下来，把你压垮。

## 那还能娱乐吗？还能拥有乐趣吗？

迎难而上是否意味着你再也无法追求纯粹的欢乐？那还能单纯为了娱乐而娱乐吗？是不是再也不能吃冰激凌、不能和朋友们喝酒？是不是再也不能跳舞、不能看电影、不能刷手机？是不是

> 答案是否定的。迎难而上并不意味着要度过毫无乐趣的一生,而是意味着勇敢直面困难,意味着先解决困难再做其他。首先你要做的是迎难而上,走完当天、本周或本月的这一段"上坡路",然后你就可以尽情玩乐了。

再也不能赖床?

答案是否定的。迎难而上并不意味着要度过毫无乐趣的一生,而是意味着勇敢直面困难,意味着先解决困难再做其他。首先你要做的是迎难而上,走完当天、本周或本月的这一段"上坡路",然后你就可以尽情玩乐了。在一天快结束之时休息一下,好好放松一下。在几个月后可以休息更长一段时间,或许去度个假。偶尔吃个冰激凌,不过要确保只是偶尔为之,又或者只在少数场合才吃。千万不要在追求享乐中虚耗自己的一生——这样的人生绝非你所愿。这样的人生只会让你追逐廉价的快感,让你产生多巴胺耐受性并造成多巴胺基线水准降低,让你陷入成瘾的怪圈,让你缺乏动力,让你饱受抑郁之苦,最后以失败和不幸告终。为了体验小快感而吃美食、看电影、听歌——这些偶尔为之的享乐行为也没什么不好,只是别把它们当成人生的重心就行。

一旦你意识到付出努力对自己有益,你就会自然而然地迎难而上。你甚至无须借助励志演说、书籍和视频的力量,你那奇妙的大脑已经能自动产生你所需的全部动力。迎难而上,每天都向上攀爬一段,最终你会登上那座陡峭但美妙的人生大山,从中赢得最大的收获。

..................................

**要点**：

- 追求享乐和安适并不能让你拥有快乐而积极的人生；要想实现这一目标，你要付出努力，不辞辛劳。
- 不要逃避困难。相反，你应该迎难而上，让自己的宏愿和梦想成为现实。
- 想要实现宏伟的目标就要历经艰辛。然而，发觉自己无法实现目标则更为痛苦。
- 每天你都要迎难而上。如若不然，终有一天这些困难会狠狠地砸下来，把你压垮。

..................................

"昨天我照您说的做了。我迎难而上。今天我五点就起床了，跑步跑了5公里。然后我回家整理修改领英[1]上的个人资料。做完这事之后我才去送外卖。"维拉杰说。

上午他就上门了。早餐时我要了外卖——在进行间歇性断食期间我偶尔也要放纵一下。

"很好，维拉杰。你已经有所改变，这样很好。"

我打开外卖盒，里面装着一个玻璃罐，罐里是热腾腾的燕麦粥。

"我再也不要过躺平的生活了。"维拉杰说。他抓抓腰间的赘肉，"我再也不要躺平了。我要迎难而上，我要减肥。"

"你能做到的。一丝不苟地遵循这些规则，终有一天你的人生会大不相同，而你自己也会为此感到惊讶。"

"今天的规则是什么？"

"来吃'大象'吧。"

"什么？"

"这就是下一条规则——吃掉'大象'。"我说着吃下一大勺燕麦粥。

---

[1] 领英（LinKedIn）：全球领先的职业社交平台。

# 第 7 课：吃掉"大象"

> 千里之行，始于足下。
> ——《老子·道德经》

**要想获得非凡的成就，你必须长期不懈地努力。**

问你一个问题：怎么样才能吃掉一头"大象"？

这可不是什么脑筋急转弯，我是认真的——你要怎么做才能吃掉一头"大象"？

你或许会说你做不到。"大象"可是庞然大物，就拿我们在印度见到的体型较小的亚洲象来说吧，这种"大象"的体重在 2000 到 5000 公斤之间，也就是平均体重 3500 公斤——让一个人吃掉一头"大象"看似是不可能完成的任务。

然而，让我们从不同的角度来看待这个问题。成年人类个体每天要消耗 1.5 公斤的食物（挺多的，对吧？）。假设一头"大象"重 3500 公斤，而你每天吃掉 1.5 公斤，那就是 3500/1.5=2333 天，也就是大约 6.5 年。因此这个问题的答案就是：把"大象"切割成小块，坚持每天吃，吃上好几年。

> 当你面对人生中最为艰巨、看似无法完成的庞大任务时，你又该怎么做呢？同理，完成此类任务的有效方法就是：将大任务分解成小任务，然后逐一完成。

把艰巨的任务分解成小任务，每次解决一个小任务——你能否在人生中获得成功就取决于你能否做到这一点。这是人生的秘密规则之一——学会吃掉你的"大象"。这要花很长的时间，其过程也非常单调乏味。这要求你具有坚定的决心，集中注意力，暂时放弃享乐。不管怎么说，谁愿意吃"大象"啊？而且只吃一头"大象"，还是天天吃？然而，对于无钱无权又无人脉的人来说，吃"大象"正是他们可用的利器。如果你持之以恒，为实现自己的目标而努力，即使觉得厌烦也不放弃，日复一日地坚持下去，那么你最终能获得非凡的成就。我并非天才，也没有过人的才华，而我就是这样

> 如果你持之以恒，为实现自己的目标而努力，即使觉得厌烦也不放弃，日复一日地坚持下去，那么你最终能获得非凡的成就。

获得成功的。

为了更好地阐明这条规则，我会和你们分享我的故事。接下

来，我将谈谈我在这一生中吃掉的几头"大象"。

## 第一头"大象"：理工学院联合入学考试

　　我读书时可不是什么学霸，在班上我从来都不是名列前茅的学生。我的老师们也不认为我是"读理工学院的料"。在50多人的班上，我通常排在十几名。以前老师给我的评语是"聪明但不专心"，最好的评语也只是"中等偏上水平"。我从来都不是特别优秀的学生——旁人都是这么看我的，我也这么看待自己。

　　我在新德里的陆军公立学校读书。当时我父亲在军队任职，经常去不同的城市轮岗。不过我母亲在德里的政府部门工作，因此我们这些孩子就跟着她。我和我弟弟一直在陆军公立学校就读，从头到尾都没转过学。那是一所规模很大的学校，里面的学生大多是来自全国各地的军人子弟。好几个年级的班级数超过20个。在这样庞大的学校里，很难维持严格的学习纪律。不过这所学校也有优点——学生们从来不缺玩乐的机会！在陆军公立学校读书这段时间是我人生中最开心的时期。对我来说，这所学校就和游乐场差不多。

　　完成这一阶段的学业之后又该何去何从呢？我的同学们大多选择了参军。我们那一届有300多个学生，只有我和另外5个学生打算参加理工学院联合入学考试。

　　我家里的学习环境也不是很好，并不利于我备考。我父亲经常不在家。如果他回到家里,家里的气氛就会变得紧张。我之前也提到过父母亲经常吵架。不知怎的,我总是辜负父亲对我的期望。我的体育不够好,我不够听话,也没有表现出足够的尊敬。或许他希望我像个士兵一样听从号令。他总是朝我大吼大叫,有时还会打我——没错,偶尔还用皮鞭来打。这本来就够糟糕的了,而邻居家那个孩子更是火上浇油。那个孩子比我大四岁。我记不清这事是怎么开始的。

在我十一岁的时候,他脱掉我的衣服,进行了一些当时我无法理解的行为。在我那幼小的心灵深处,我隐约感觉不对头,随之而来的还有一股羞耻感,但同时也伴着一种隐秘的愉悦。或许当时我太过无知,根本不清楚这究竟是怎么回事。如果你问一下有相似经历的人,你或许会发现他们在事情发生时也是茫然无知,根本不知道这意味着什么。那个男孩让我接触到性,而在那时候我根本不知道该如何看待此事。我们偶尔会在下午做这事,而我这么做是为了分散自己的心神,或许想借此暂时忘却那一团糟的家庭环境。

如你所见,我的家庭环境并不利于成长,不太可能培养出一颗"新星",让他冉冉升起。事实上,当我回顾往事,我意识到自己的经历是多么可怕,意识到这段经历会给人留下创伤。然而,当时我并没有想到这些。我以为每个家庭都是这样的,每个孩子过的都是这样的生活。我记得在我刷联合入学考试的物理计算题时,我父亲那可怕的声音响起,他正在叫我过去。一个问题马上浮现在我脑海中：这回等着我的是什么？是骂一顿？是拳打脚踢？还是皮鞭子？或许三者皆有。

我所处的环境非常糟糕。然而，或许正是这样的环境让我下决心备战联合入学考试。我必须脱离这片苦海，而联合入学考试仿佛是我能抓到的唯一一根稻草。我必须努力学习才能抵达彼岸。可是开始时我并没有意识到通过这场考试的难度是如此之大。在我的家人和亲戚中，还没有哪个人顺利通过联合入学考试，在我的邻居之中也没有。为了通过考试，我必须进行高强度的长时间备考，必须透彻理解理科的各个概念，必须花上几千个小时努力学习。这项任务就像吃下一头"大象"。没有人指引我，让我知道该如何备考。

然而，我还是决定尽力一试。

## 第一步：明确"大象"每一部分的内容

首先，我要全面地审视这头名为"理工学院联合入学考试"的"大象"，我要想清楚该如何将它切成小块。在那个时候只有理工学院联合入学考试（即JEE），不像现在这样还分为联合考试初试和联合考试复试。我要参加三个科目的考试——物理、化学和数学。因此，我明白必须先把这头"大象"分割为代表物理、化学和数学的三大块。

接下来我仔细查看每个科目的教学大纲。数学又分为微积分、三角学、代数、矩阵学、概率论以及其他30多个小项。物理和化学各有 40 多个小项。这看起来很可怕——当你看到一头体积庞大的"大象",意识到你必须吃掉它,你也会有如此感受。然而,至少我已经找到切割点了,于是我把这头"大象"切割成几块,如下图所示:

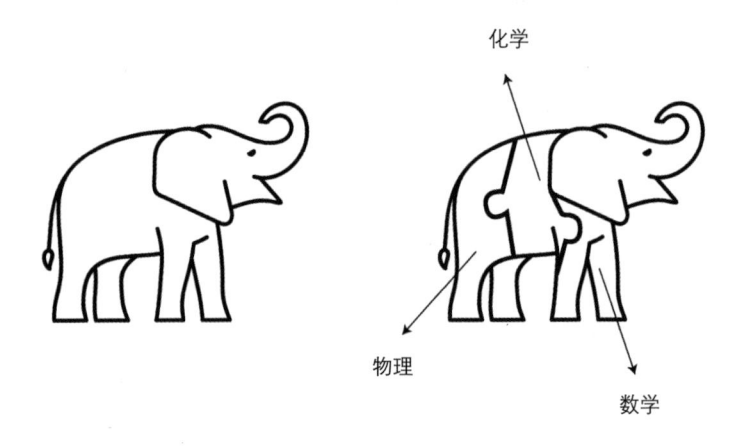

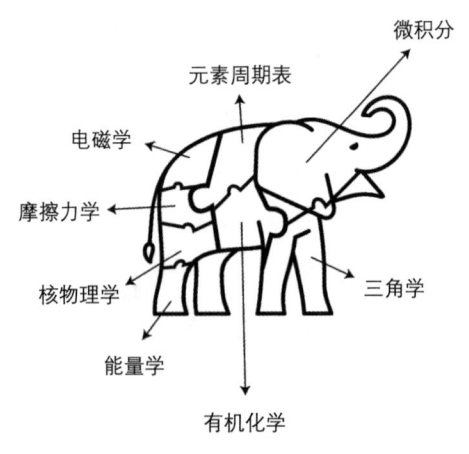

切割"理工学院联合入学考试'大象'"

初步分割：物理—化学—数学。

二次分割：将物理分割为电磁学、摩擦力学、核物理学、能量学以及其他36项；

将数学分割为微积分、三角学以及其他38项；

将化学分割为有机化学、元素周期表以及其他38项。

在进行分割之后，这头"大象"已经化为100多块碎片，每块碎片代表着一个科目或项目。每一块还包含四五个更小的子项目，而这还需要我进一步分割。当我最终完成分割，这头大得可怕的入学考试"大象"已经被我分割为500多块，我要逐一把它们都消化掉。

我不想花太多笔墨来说明联合入学考试各个科目的细节，不过你已经明白我的意思了。转眼之间，这头名为"理工学院联合入学考试"的"大象"仿佛变成了由500多块较小的乐高积木搭建而成的模型。组成这头"大象"的积木很多，不过如果我一次对付一块，那么每过几天我就能消化一块了。例如，假如我要对付的是数学科目中积分学子科目的一块——曲线下面积，那么我花三天就能很好地消化它。接下来还要对付499块——这个数字依然大得惊人，不过我告诉自己这已经不到500块了。我就这样坚持下去。

当然了，在现实生活中你未必能如此干净利落地将"大象"分割成块。或许你不得不同时对付几块。即使是在备考期间，我每天都要学习数学、物理和化学，每天我都要对付几块碎片。然而，原则是不变的——对庞大目标进行切割，将它分解成一个个小目标并逐一实现，最终实现大目标。

## 第二步：每次消化一块

当我将这头"理工学院联合入学考试'大象'"切开，切割成碎块之后，我要做的就是坚持消化这些碎块。这个过程很缓慢，我每天都要吃掉一点"大象"。我要在两年之内消化掉这500片碎块。为了备战入学考试，我每天学习五个小时，每周学习五天。每天学习五个小时看似没什么大不了的，然而坚持下去就能造就奇迹。

在那个时候，为了备考还要参加函授班。当时网课尚未问世，也不可能有魅力四射、人气爆表的网课老师来指导我复习。我每个月都收到通过邮局寄来的复习资料包。我慢慢吃掉这头"大象"。有时候我"吃"得很开心，有时候我"吃"得很痛苦。有时我也会偷懒，我的积极性降低了，有好几周我都没有复习。不过我总能想办法让自己回归正轨。就这样，我坚持了两年。备战联合入学考试的确是非常艰巨的挑战，其中最具挑战性的并不是物理、化学和数学这些科目本身，而是坚持不懈地复习备考——换言之，最难的是吃掉这头"大象"，而最后能否实现目标取决于你能否做到这一点。

两年之后，我参加了理工学院联合入学考试。三个月后，成绩出来了。

在成绩出来的那一天,我乘坐直达公交车去了德里的印度理工学院校园。成绩就粘贴在校园的围墙上。我找到自己的准考证号,后边写着"全印度排名326"。当时我呆怔怔的,呆了十秒之后我才意识到我成功了!我通过了理工学院联合入学考试!我这个吃掉"大象"的方法奏效了!我终于考进了自己梦想的学校,而这终将改变我的人生。

## 第二头"大象":我的处女作

后来我还通过了印度管理学院入学考试(即通用入学考试),至于其备考过程我就不细说了。总之,那头"大象"和理工学院联合入学考试"大象"大同小异。不过我倒想说说接下来的一头"大象"——我的处女作。

写作一直都是我的兴趣所在。我向中学和理工学院的校刊投稿,把我写的短篇小说和散文投给他们。我还写过戏剧和幽默小品。我的写作能力不错,但还没有达到非常优异的程度。人们会读我写的文字,并且乐在其中。不过从来没有人说过我拥有成为作家的巨大潜力,我自己也从没想过。我甚至没想过自己能写出一本完整的书。

以前我常常在心里对自己说:"写一本完整的书!不可能,那是知识分子和文科专业的学生才能做的事。我不过是一个机械工程专业的学生,后来拿了工商管理的硕士学位,现在在一家银行工作。我不可能做到的。"写书这项任务让我望而却步，不过我想成为作家的愿望并没有就此消失。

当时我在香港的一家银行工作。某天当我下班回家时，我在心里和自己进行了一番对话。

"我为什么不能写书？"我问自己。

"因为这太吓人了。"我脑子里的一个声音答道。

"怎么吓人了？"我反问道。

"这是一项大工程，要写好几百页呢。这可不是一天就能写完的文章，要花上几个月甚至几年。我从没做过这样的事，光想想就吓得我无法动弹了。"

"可这不过是另一头'大象'而已。我之所以觉得吓人，是因为我要吃下这一整头'大象'。"

"没错。"

"那怎么才能吃下一头'大象'？"

"把'大象'切割成小块，每次吃一块，坚持吃很长一段时间。"

"说得对，就是这么回事。现在我明白该怎么做了。"

我找到了一头新的"大象"。在吃过了入学考试"大象"之后，现在我要对"处女作"这头"大象"动手了。巧合的是，我的处女作讲述的故事与我在理工学院就读时的经历有关。我心想如果我每天写一页，那么一年就能写 365 页。一年时间看似很长，不过如果我只专注于每天写一页，那感觉就和写文章差不多。以前我也写过文章。当然了,我还要为整本书做个计划,写出一个大纲。换言之,我首先要把这头名为"处女作"的"大象"分割成块。我花了一个月制订写作计划。在那之后,我就开始吃这头"大象"了,一次吃一块——也就是一天写一页,每天都写,要坚持整整一年。

这并不容易。吃掉这头"大象"的过程和原计划也有所出入。当时我在一家投行上班,工作很忙。因此,坚持每天写一页都让我觉得很吃力。我修改了计划,改为周末每天写两页,再从五个上班日中选出三天,每天一页。如此一来,当银行工作太过繁忙之时,我就能暂时停笔一两天。即便如此,我也花了两年(原计划是一年)才写完了这本书的初稿。当然了,那只是初稿,初稿通常都很糟糕。

我开始修订这本书的初稿——而这又是另一头要吃掉的"大象"。我修改了好几遍,最终写完了这本书。到这里是不是就能画上圆满的句号呢?还不行。我还要把这书稿投寄给出版社。而所有出版社都直截了当地拒稿了。

现在又有一头"大象"等着我去吃——那就是重写整本书。又过了三年,在此期间我又吃掉了几头"大象",这时终于有一家出版社愿意出版我的书。如他们所说,接下来就是足以载入出版史的时刻了。我的处女作——名为《五点人》的一本书,成了超级畅销书。这本书创下了当时印度英语小说的销售纪录,而根据这本书改编的电影《三傻大闹宝莱坞》也成为票房热卖之作。

之前我吃下的三头"大象"——写出初稿、修订初稿和重写整本书——彻底改变了我的职业生涯和整个人生。

## 我吃掉的其他"大象"

在我一生之中，我还吃下了其他很多头"大象"。我不打算在此细说，只是略略提一下。这些"大象"包括：进军宝莱坞；在好几年内写了几百篇专栏文章，借此确立自己作为报纸专栏作家的地位；写剧本；为了健康而减重。

这些都是不同的目标，也就是不同的"大象"。它们乍看上去都难以消化，吃掉它们仿佛是无法完成的任务。然而，对付这些"大象"的方法是一样的——观察"大象"，找到切割点，把"大象"分割成小块，每次消化一块，坚持很长一段时间。

我并非天赋异禀的天才，也没有过人的才华。幸运的是，我自己也意识到这一点。为了弥补自身的不足，我做了大多数人觉得难以做到之事——吃"大象"。有时候我成功了，有时候我失败了。然而，你只需要成功地吃下其中几头"大象"，就能造就成功的人生。吃"大象"很难，不过你一辈子只需吃下几头。这些"大象"或许是通过一次入学考试，创办一家成功的公司，出版一本畅销书，在

▌"大象"的确很难啃，但对于普通人而言，吃"大象"是实现阶层跃升的最佳方式。▌

工作中得到大幅晋升，一次工作机会……吃掉其中一头或几头"大象"就能让你的人生沿着全然不同的轨道运行。"大象"的确很难啃，但对于普通人而言，吃"大象"是实现阶层跃升的最佳方式。

## 找到你的"大象"

有些人的人生目标很明确。他们想成为律师、公务员、医生、工程师，或者成为工商管理硕士、注册会计师。在印度，大多数学生都属于这一类别。如果你也属于这一类，那么你要啃掉的"大象"就在眼前。如果你想成为一名医生，你就要考进高水平的医学院。你必须为通过医学院入学考试做大量复习工作，而这就是你的"医学院入学考试'大象'"。其他职业的入学考试也是一样。

如果你是一个学生，取得优异成绩就是你要啃的"大象"。本书第一条规则是不要忽视健康，因此健身也是你要对付的一头"大象"。或许你正在经营一家公司，正在学习一门语言，正在磨炼某种技艺，正试图掌握编程或某种乐器——实现这些目标意味着要啃掉不同的"大象"。这并非易事，因此在一段时间内你只能专注于消灭一两头"大象"。一般来说，如果你要同时对付两头"大象"，那么其中之一应为与你的职业生涯主要目标有关的"大象"，而另一头则与健康有关。光是对付这两头"大象"就需要你耗费大量的精力。在我一生之中，我吃掉了很多头"大象"，不过在同一段时间内我通常只能专注地对付一头"大象"。比方说，我不可能在备战联合入学考试的同时完成我的第一本书。

> 找一头肥美多汁、体积庞大的"大象"，不要被"大象"那庞大的身躯吓倒。把它分割成几百块，每一次消灭一块，坚持几个月甚至几年。享受这一过程吧，坚持下去，你最终能实现目标，你终将获得成功。到时候你周围的人会为你的壮举而惊叹，好奇你是怎么做到的。有的人还会称你为"超人"或"天才"。然而，你所做的不过是一块接一块地蚕食掉你的"大象"。

## 吃"大象"背后的心理机制

在生物世界中，人类是独一无二的自然造物。只有人类才有为将来做计划和准备的能力。我们明白在一年后必须以好成绩通过一次入学考试，并为此制订出学习计划。而奶牛和猴子可做不到这一点。它们只想着眼前，顶多能想到当天的事。奶牛不可能未雨绸缪，因此也不会学着种植青草。猴子不会建房子，以便让自己避免受风吹雨打之苦。

而人类却可以做到。但无论如何，人类毕竟是从动物进化来的，我们和黑猩猩的基因相似度高达99%。因此我们也会觉得某些计划、宏愿和长期努力具有挑战性，让人望而却步。人类和动物祖先一样，擅长于完成短期任务。比方说，一只黑猩猩可以爬上芭蕉树摘下几串芭蕉，而这就是短期努力。同样，如果我让你花大约半小时清扫房间，你很可能觉得这没什么难度。如果我让你到菜市场去买菜，你也可以轻而易举地完成任务。如果你所要做的只是学完三角学的一章，然后完成二十道习题，这项任务也不至于让你望而生畏，你可以在当天就做完。完成上述这些任务只需要你付出短期努力。然而，如果我让你备考联合入学考试，你或许会望而却步。人类擅长于付出短期努力，却不擅长付出长期不懈的努力。

如果你想获得非凡的成就，你就必须付出长期努力。旁人不会觉得你付出短期努力有什么了不起，他们不会夸赞你，"哇，他打扫了自己的房间耶！他真厉害！"也不可能说，"哦，太神奇了！今天他居然从菜市场买回来了六斤西红柿！"只有当你获得较大成就，这个世界才会注意到你。这类成就包括通过入学考试，健身以改变身体状况，赢得一项体育赛事的冠军——而所有这些都需要你付出长期努力。

> 如果你想获得非凡的成就，你就必须付出长期努力。

而其中的秘诀就在于，把需要付出长期努力的庞大任务，分割成一个个通过每天的短期努力即可完成的小任务。如此一来，你就不会被吓得萌生退意，在心理上也能接受。你要逐一完成这些小任务——也就是要一块接一块地吃掉这头"大象"。最终你付出的点滴努力都会汇集起来，为你带来巨大的成功。

**要点：**

- 无论是谁，只要想实现有价值的人生目标，就必须吃掉"大象"——把令人望而生畏的庞大目标分割成一个个小目标而后逐一完成，长期不懈地朝这个目标进发。
- 不要被"大象"吓倒。把庞大的目标分成许多个小目标，一次专注于实现一个小目标。
- 实现宏大的人生目标需要长期努力。因此，在同一时间段内，只对付一头"大象"，最多不能超过两头。
- 在确定你的"大象"之后，第一步是决定如何分割"大象"，即如何将这个大目标分割成一个个小目标。第二步是对这些小目标再次进行细分，使其变为更小更容易完成的目标。如此一来，你就能一次实现一个小目标了。

维拉杰咬着下唇,双眼凝望着虚空。他仿佛深深地沉浸在思绪之中。我吃完了燕麦粥。

"你在听我说吗?"我问道。

"嗯?是啊。"

"我刚才说的话你听进去了吗?"

"我还没有吃……"

"什么?你为什么不早说?我们可以分食的。我冰箱里还有吃的,要不要我给你拿点吃的来?"

维拉杰摇摇头。

"不是这么回事。我是说我还没有吃掉我的'大象'。事实上,我甚至连一只山羊或兔子都没有吃过。"

"什么?"我问道。

"读书的时候我是一个中等水平的学生,我觉得我注定就是这样了。我从来都没想过要考高分,也没想努力考上一所好大学。我甚至懒得锻炼身体。我和阿琵塔相遇了,她喜欢我。我觉得人生中有她就足够了,我别无所求。她是我人生的幸福源泉。"

"没有人能成为另一个人人生的幸福源泉,这对他们来说也不公平。"

"可我当时不知道啊。我花了那么多的时间,只为了给阿琵塔留下好印象。我想让她一直待在我身边,我想确保她幸福,再也不会离开我。在那段时间里,我本可以做很多事来改变自己的人生。"维拉杰说。他再次咬着嘴唇,以免自己哭出来。

"你是说你本可以利用那段时间吃掉一头'大象'?"

"没错。我本可以参加铁路局的公务员考试并顺利通过的。我的一个朋友就通过了。当时他让我和他一起备考,可我没这么做。"

"为什么呢?"

"因为感觉太难了,要复习那么多东西。我觉得我只是一个中等水平的学生,根本考不过的。再说了,如果我进行备考,那么和阿琵塔待在一起的时间就会减少。而阿琵塔是我当时幸福的唯一源泉。"

"所以说你都没有去试一试?"

"没有,我甚至缺考了。现在我为此感到惭愧。"

一滴眼泪从他的左眼流下,他抬手擦了擦。

"总有一头'大象'在等着你去吃掉它,维拉杰。"

维拉杰看着我。

我继续说:"还有很多不易实现的目标等着你去实现,也就是说还有一些'大象'等着你去吃,而吃掉这些'大象'可以让你的人生变得更好。前提是你准备付出努力。"

"我准备好了,那我的新'大象'是什么呢?"

"这个问题只有你自己才能解答。不用着急,好好想一想。"

维拉杰点点头,他站起来,准备离开。

"很难启齿吧？"维拉杰问道，"就是分享您的故事……"

"什么故事？"

"就是邻居家那个男孩对你做的那些事。"

"的确，对我来说最难的就是说出那件事并忍受那种羞耻感，"我缓缓说道，"但我必须那么做。现在我把这件事说出来，感觉就像卸下了一副重担。再说了，我不能让你迎难而上，自己却回避困难。"

"您为什么要感到羞耻呢？你当时只有十一岁。"

"我也不清楚。"

"不该让您经历那种事的，这样不对。"

我点点头。维拉杰走上前来，给我一个拥抱，以示安慰。我强忍着泪水，露出微笑。

"您还好吧？"维拉杰问道。

"还好，谢谢。我刚刚想明白了一件事。"

"什么事？"

"就是我们俩之间的交谈，不仅你需要，我也需要。和你交谈能让我理清自己的过去。"

"听到这话我很高兴，我当然也需要和你进行交谈。那就明天见？"

"好。今天我们谈了'大象'，明天就谈谈'蟑螂'吧。"

"什么？蟑螂？"维拉杰一脸惊诧地问道。

"明天再说吧。"我微笑着挥挥手，和他道别。

# 第 8 课：成为"蟑螂"

在自然界，能存活下来的物种并非力量最强或最聪明的，而是适应力最强的。

——查尔斯·达尔文[1]

适应时代的变化，适应周围的环境，根据眼前的机遇进行自我调整。唯有适者，方可生存。

蟑螂会让你产生什么样的感受？恶心？厌憎？你是否觉得蟑螂很丑陋，很可怕？你是否想远远地躲开它？不止你一个人有这种感受。没人喜欢蟑螂，也没有人会对蟑螂心生敬意。然而，我想让你从不同的角度来审视这种生物。这种生物可是我的榜样。或许读过这章之后，你也会有同感。

把蟑螂当成榜样？能作为榜样的动物不应该是强壮的老虎或

---

[1] 查尔斯·达尔文（Charles Darwin, 1809—1882）：英国著名生物学家，进化论奠基人。

无畏的狮子吗？或者威武的雄鹰？为什么要选蟑螂呢？蟑螂一词甚至自带贬义。

让我告诉你为什么我崇拜蟑螂。那是因为它们具有一种神奇的特质——蟑螂是世界上适应能力最强的物种。

在生活中，适应能力至关重要。唯有适者方可继续成长壮大，而无法适应者则停滞不前，显露颓势。这可不仅仅是

> 在生活中，适应能力至关重要。唯有适者方可继续成长壮大。

我的看法或理论，而是通过观察自然得出的结论。让我们再看看本章开头那句引言，达尔文曾说过：

> 在自然界，能存活下来的物种并非力量最强或最聪明的，而是适应力最强的。

查尔斯·达尔文既不是励志大师，也不是商界领袖，更不是人生导师，他是一个研究生物进化的生物学家。在他一生中大部分时光里，他都待在偏远的海岛上研究野生动物和自然。

通过观察，他得出了非同一般的结论。自然根本不在乎你是否聪明、是否强壮。如果你无法适应——也就是说你无法根据时代变化的需要而进行自我调整，那么你就活不下去。让我们看个例子吧。几百上千万年前，地球上存在着一种名为恐龙的大型物种。某些种类的恐龙是地球上有史以来体型最大的动物，比大象大多了。其他生物都不敢惹恐龙，而当时恐龙则统治着整个地

球。接下来冰河开始融化,地质板块开始漂移,而自然环境也发生了变化。恐龙无法适应新的环境,最终灭绝了。今天,你能看到的恐龙只是电影特效造出来的假恐龙。

而早在几百上千万年前,蟑螂也生活在地球上。它们从远古时代一直存续至今。到了今天,它们不仅没有灭绝,它们的种群还进一步发展壮大。在任何地方都能看到它们的身影——厨房里,卫生间里,汽车里,餐厅里,办公室里,机场里……这是因为蟑螂的适应能力强,可以在任何地方存活下去。当它们周围的环境发生变化时,它们不会心生畏惧,也不会忧心忡忡。它们乐于接受环境的改变,而这也是"适应性态度"的精髓所在——乐于接受改变。

在我的想象之中,蟑螂们面对任何环境变化时只是耸耸肩,然后说:"这世道又变了,不过这没什么,我们也能跟着改变。"或是:"好吧,以前我们住在森林里,现在我们住在大城市里。没问题,我们能适应的!"又或是:"以前我们以树叶和昆虫为食,现在我们要以麦片为食。没问题,我们能适应的!"

▌面带微笑地说"没问题,我们能适应的!"——这样的态度能让你在人生道路上继续前进。大多数人觉得适应或改变很难,不过蟑螂用不着操心这个问题。衡量某一物种现状的一个好方法就是查看它们的繁殖状况。蟑螂能产下数不胜数的后代。你能在很多地方发现蟑螂蛋，比如沙发坐垫下、橱柜的缝隙里、厨房的角落里、卫生间里甚至你的车子里。无论寒暑，无论夏季、冬季还是雨季，蟑螂都能在任何地方不停地繁殖。想想看，一些跨国大公司甚至推出了专门针对蟑螂的杀虫剂品牌（例如 Baygon 和 Hitman），把杀灭蟑螂当成了一门生意。这些公司设有工厂和办事处，设有生产、人力资源和会计等部门，而所有这一切都是为了实现一个目标——消灭这世上所有的蟑螂。在我的想象中，当这些公司的员工去上班时，他们的孩子会问："爸爸/妈妈，你要去哪儿？"

"我要去上班啊。"员工说。

"你上班时干什么？"

"努力杀死所有蟑螂。"

那他们成功了吗？没有。尽管为杀灭蟑螂投入了那么多的资本、资源和人力，直到现在蟑螂还是无法被完全消灭。政府可不会像保护老虎一样保护蟑螂。顺便说一句，老虎的种群数量已经下降到很低的程度了。在现存的协会或俱乐部组织中，也没有哪一个是以保护蟑螂为己任的，不过倒是有旨在保护海豚和大象的组织。没有人喜

> 在现存的协会或俱乐部组织中，也没有哪一个是以保护蟑螂为己任的，不过倒是有旨在保护海豚和大象的组织。没有人喜欢蟑螂，所有人都想消灭蟑螂。然而，这种卑微的生物却在地球上生生不息，人类对它简直毫无办法。

欢蟑螂，所有人都想消灭蟑螂。然而，这种卑微的生物却在地球上生生不息，人类对它简直毫无办法。蟑螂甚至能适应杀虫剂。研究表明，蟑螂的血液已经发生了足以适应杀虫剂的变化。也就是说，杀虫剂对蟑螂来说不再是毒药，反而像是不时可以小酌一杯的啤酒。在现在这个时代，那么多宏丽美妙的物种正面临灭绝，而我们的朋友——蟑螂却无须为此担心。

现在，你或许会用不同的眼光来看待蟑螂吧？你是否会对这种酷酷的小生物萌生出新的敬意？这种小生物是否让你有所感悟？

## 在读书时期采用"蟑螂适应法"

对于在陆军公立学校上学的军队子弟而言，一大不利之处就在于几年之后你和你的朋友势必要分开。比方说，你在六年级时结交一个朋友，他/她成为你最好的朋友，但到了八年级时你们俩就要说再见了——这的确让人难过。军人及其家属的生活就是这样。

无一例外，身为军人的父亲总会轮岗，会被派到另一个军区去，而全家人都得跟着搬家。我倒用不着转学，因为我母亲在德里工作，同时照看我和弟弟。然而，每年我班上的同学都会"大换血"——很多老同学离开了，又有很多刚来到德里的新同学加入了。如果你要和好朋友分别，你肯定会觉得难受。在那个时候还没有互联网，朋友分开就意味着友谊一去不复返。当时没有电子邮件，没有WhatsApp，也没有视频通话，所以你也不可能借助这些方式和朋友保持联系。因此，我们必须学会结交新朋友，学会和新来者结成友谊的纽带。我认为正是军旅文化的这一方面让我的适应能力得以发展，达到优于大多数人的水平。大多数军队子弟都磨炼出较好的适应能力。他们具有较好的社交技巧，无论到哪儿都能迅速融入，而这反过来又对他们有所助益，让他们活得更好。

我学会了每隔几年就结交一群新朋友。不仅如此，我还必须适应会给人造成创伤的家庭环境。如果你不停地目睹自己的父母亲吵架打架，你还能静下心来学习吗？如果一只蟑螂面对这样的情形，它会怎么做？它会不会为自己悲惨的人生哀叹？它会不会说"在这样糟糕的环境里我无法学习，这不是我的错"？当然不会。相反，蟑螂会想方设法适应环境。它会说："哦，老天爷！吵死人了！我得找点棉花堵住耳朵。"而我正是这么做的。我用棉花球堵住耳朵，继续学习。我用一个廉价的随身听听音乐，盖过持续不断的争吵声。我对自己说："我正在读的这些书能让我摆脱这糟糕的环境。"我不会说"家里的环境太糟糕了，我学不下去"，而是说"正因为我的家庭环境如此糟糕，我更要努力学习"。如此一来，我就能适应家里的环境。我改变了自己对生活的看法，而这又推动我朝积极的方向迈进。糟糕的家庭环境推动我努力学习，赋予我其他学生所不曾拥有的能力。我甚至为拥有这种鸡飞狗跳的家庭环境而感到庆幸。想想看，假如家里一切都很好，环境安逸，我为什么还要那么努力地学习呢？

## 在职业生涯中采用"蟑螂适应法"

### 职业适应故事之一：银行业

整体而言，我的职业规划算不上完美，概括起来就四个字——不断适应。我的第一份工作是在一家美国投行的香港分支机构工作。我刚从位于艾哈迈达巴德的印度管理学院毕业就得到了这份工作，因此我根本想不到自己要面对什么样的文化冲击。

这是我第一次离开印度。香港的中国文化和银行的美国文化对我造成了冲击，让我手足无措。香港的中餐和印度国内那种本土化的"中餐"有很大区别，吃起来寡淡无味，食材里的肉也太多了。开始时，中国人给人一种冷漠的感觉。当你走在街上，他们视你如无物。

在工作场所，我发现美国人自有一套处理业务的方法。在非工作时间内，他们或许非常友善。然而，在工作时间内，他们就变得冷漠无情，只会以工作为中心，别无他顾。在个人空间和政治正确方面，又或是谈及太过私密的话题时，他们都会秉持自己的一套原则。对于像我这样刚离开印度的菜鸟来说，这一切的确让人茫然无措。

在头几个月里，所有被派到香港来的印度同事都感觉非常孤单,与周围环境格格不入。我们抱团取暖,思念家乡。为了吃到家乡风味的达尔和米饭,我们搜寻难得一见的印度风味餐厅。我们所有人都不喜欢香港,也不喜欢在美国银行工作。某天晚上,我意识到这样下去是不行的。现在我生活在香港,如果我身在香港、心却向往着印度,如果我妄想美国同事能像印度人一样行事,那么我永远都会感到失望。于是我做了蟑螂会做的事——自我调整,然后说:"没事的!我们能适应的!"

> 现在我生活在香港,如果我身在香港、心却向往着印度,如果我妄想美国同事能像印度人一样行事,那么我永远都会感到失望。于是我做了蟑螂会做的事——自我调整,然后说:"没事的!我们能适应的!"

我不再搜寻印度餐厅,转而去尝试当地美食。在开始的几个星期里,中餐的确不合我的口味。然而,我的味蕾最终适应了。我买了一本关于美国文化的书。美国人仿佛是印度母亲的反面,他们从不会问你挣多少钱,也不会问你为什么还不结婚。我对诸如个人主义和自立等美国价值观和常规准则有所了解,我知道不应该对他人评头论足,不应该侵犯他人的个人空间。

我尽自己所能,享受香港的生活;我随遇而安,在工作中寻找乐趣。我意识到香港是一个美妙而高效的大都市。这里有山,有海滩,还有国家公园。你可以沿着人迹罕至的天然小径漫步,也可以在夜里到喧嚣的闹市区参加聚会。我还发现中餐分为多个种类，正如印度不同地区的食物各有不同。某些种类的中国菜真是美味，印度人会特别喜欢香辣的川菜。我还想方设法结交了一群美国朋友，我们的关系很亲密——当然了，那是美国人接受范围内的"亲密"，毕竟没有人能像我们印度人一样亲密无间。我进行自我调整以适应周围的环境，这让我在香港活得更加自在，也有助于我作为银行业从业者在一个国外城市继续打拼长达十余年。

## 职业适应故事之二：写作

当时我在高盛工作，而高盛拥有世界上最有名的投资银行。我挣的薪水以美元计数。然而，我还是觉得自己的人生若有所缺。正因如此，我才决定写一本书。我吃掉这头"大象"，完成了我的处女作。在写书的同时我还在银行工作。写好之后我把书稿投寄到几家出版社，他们无一例外都拒稿了。大多数出版社甚至都懒得解释拒稿的原因。

在我上班时，我是国际投行的员工；然而在印度出版界，我只是一个苦苦挣扎的无名小卒。当时印度英语出版界看重的是阿兰达蒂·洛伊[1]和维克拉姆·塞斯[2]，而他们已经得到西方的认可，并且获得了许多奖项。而我没什么名气，我的写作风格也与他们不同。我写的是印度理工学院里三个朋友的故事，他们喝酒，在校园里到处闲逛，其中一个人和教授的女儿约会，在教学楼的阳

---

1 阿兰达蒂·洛伊（Arundhati Roy, 1961—）：印度作家、政治活动家。
2 维克拉姆·塞斯（Vikrm Seth, 1952—）：印度诗人、小说家。

台上亲热。西方的文学评委们不可能让我这本书获奖，因此印度的出版商们对我这本书也毫无兴趣。

一家又一家出版社拒稿了。我先后把这本书稿投寄到十家出版社，一连九家都拒稿了。第十家也拒稿了，不过他们倒是给出了这本书稿目前不宜出版的几点理由。我花了两年时间来写这本书，结果十家出版社都拒绝出版——这的确令人觉得很难受。"我可是高盛投行的员工耶！我还是印度理工学院和印度管理学院的毕业生！为什么你们都拒绝为我出书？难道你们都是有眼无珠的蠢蛋吗？"我好想朝他们大喊大叫，但我不能这么做。这么做对我毫无帮助。

最后，对我有所帮助的是这样一个问题：如果蟑螂面对这样的情况，它会怎么做？

假如一只蟑螂被赶出厨房，它肯定不会大喊大叫。它只会转而藏身于架子底下，等待时机卷土重来。如果它再次被赶出来，或许它会迁移到另一个房间或另一户人家。它总能适应的。而我意识到这正是我要做的。我必须把自尊抛到一边，放低身段，抛开理工学院毕业生和投行员工之类的身份。在出版界，我只是籍籍无名之辈。每个月都有几百份书稿被送到出版社编辑的案头，而每本书稿的作者都怀有一个作家梦，认为自己所写的就是下一部惊世杰作。而我的书稿不过是其中之一。出版社的编辑们并不在乎我为了写作这本书花费了两年还是二十年，不在乎我写的故事是否和个人经历紧密相连。我很有把握这本书能热卖，可他们对我的这一想法也毫不在乎，他们只在乎文学评委们的看法。

我放下自己的傲气，试着给这些出版社打电话。大多数出版社根本不接听我的电话。而第十家出版社——也就是给出拒稿理由的那家——接听了我的电话。我请求和出版社的编辑进行一次会面，他们似乎很不乐意。我再试了一次，他们拒绝了。于是我问他们能否向我推荐一个人——能就这本书稿直截了当地给予我反馈的人。他们给了我一个名字。那是一位名为茜妮·安东尼的女士，也是那家出版社的签约作者。她会给我更详细的反馈。我将书稿寄给身在德里的茜妮。她读了书稿之后对我说这本书几乎一无是处。不过她倒是提到她在我书稿的字里行间发现了幽默的火花。

"写一本幽默诙谐的书吧。"她对我说。

我继续缠着拒稿的第十家出版社，希望能得到他们更多的反馈。"你要让书中内容更吸引人。"他们对我说。

我决定二者兼顾——写一本风格幽默诙谐、内容引人入胜的书稿。这意味着要重新开始，意味着将删除键一按到底，意味着两年的心血化为乌有。然而我就是这么做的。我又吃下一头"大象"——按照反馈意见重写书稿。一年之后，我又写出了一本书稿。

我将重写的书稿寄给茜妮，茜妮看过后又寄给了那家出版社。茜妮和出版社对这本书颇为满意。这家出版社就是鲁帕出版社，他们同意将这本名为《五点人》的书付梓。在接下来的十二年内，鲁帕出版社出版了我的九部作品，每部作品都成为超级畅销书。自从我结识茜妮以来，二十年过去了。直到现在她依然帮我修订编辑书稿，她也是我每一本书的第一位读者。在每一本书的致谢词中我都会把她的名字放在首位，也包括这一本书。我想在此和茜妮打声招呼，她在修订编辑这本书时肯定会看到的。

有时我想，假如当时我做出了不同的选择，那结果会是怎样呢？假如我没有修改重写第一本书，那会怎样？假如我认为所有拒稿的出版社编辑都是没有识人慧眼的窝囊废，那又会怎样？假如我没有尽力获取直截了当的反馈，那会怎样？假如我直接放弃写作，又会怎样？如果上述任何一条假设成为现实，我就不可能开启写作生涯。而我的写作生涯正源于我乐于做出改变以适应现实需要的意愿。

**为拓展写作之外的工作而调整适应**

我的写作生涯和互联网兴起几乎处于同一时间段。在我的处女作发售之时，智能手机和社交媒体尚未问世，也没有YouTube和短视频，没有网络大咖、WhatsApp、Zoom[1]和网络购物。时至今日，上述这些已经成为世界的主流。虽然现在我身为作家已经功成名就，但我意识到如果我不想和印度年轻人脱节，如果我想和他们保持联系，那么仅仅写书是不够的。我必须聚集更多的人气，而这也要求我进行自我调整，以适应这些新兴行业。因此，我学会了如何挤进宝莱坞，学会了把自己的作品改编成电影剧

---

1 Zoom：一款视频会议软件。

本，借此让自己成为家喻户晓的人物。

在这段时间里，我也进行了其他方面调整。例如，为报纸专栏撰写文章，参加电视真人秀节目，上台进行励志演说，进行网络视频平台的直播，管理自己的社交媒体，成为 YouTube 的一位主播。凡此种种，都让我获得了高于大部分印度作家的知名度。文学专家评论说我并非最好的作家。他们说得没错，我的确不是最好的作家，不过我是作品最畅销的作家。而这都是因为我不停地调整适应，与时俱进。事实上，你正在看的这本书也是我调整适应的尝试之一。这是我第一次尝试写一本有关自我帮助／自我提升的书。

## 培养更好的适应能力

为了培养适应能力，你首先要老老实实地回答下列问题：

- 你是否会坚持自己的行事方式、想法、信仰或意识形态，绝不改变？
- 你是否需要身处熟悉而安逸的环境中才能正常地工作生活？
- 你是否认为自己的观点、政治理念以及对职业和朋友的选择才是正确的，并且认为任何对此有不同看法的人都是错误的？

■ 你是否觉得很难做出改变，哪怕你明白改变是必要的？

对于以上这些问题，你给出肯定的回答越多，你就越可能是一个自以为是的人。事实上，大多数人都自以为是，我们都有固定的思维模式和不变的观点，我们都有难以改变的习惯和行为。的确，我们的大脑抗拒改变，因为改变意味着要重置已经设好的脑回路，而这会让我们感到不适。如果你为考过一场入学考试而努力了三年，结果却失败了，那么你有必要反思一下。或许你不适合参加这种考试，或许你应该从事不同的职业。如果你努力想要和某个人建立亲密的关系，而对方却毫不在意，你也要进行自我调整。不要再追求他/她了，把精力放在其他事物上或其他人身上。如果你的客户终止和你的合作，转而去光顾你的竞争对手，你应该弄清楚其中原因，并为了改善产品或服务质量而做出改变。

> 的确，我们的大脑抗拒改变，因为改变意味着要重置已经设好的脑回路，而这会让我们感到不适。

## 要么适应，要么失败：商界事例

企业也要与时俱进，只有那些能适应时代变化的企业才能存活下去。还记得黑莓和诺基亚吗？这两个品牌曾经称霸全球移动手机市场。我还在银行工作的那段时间里，黑莓风头正盛。黑莓手机的屏幕是朴素的黑白屏,还配有一个微型键盘。你可以在黑莓手机上接收电子邮件,用不着借助台式机或笔记本电脑。当时银行和企业的高管爱死黑莓了,简直一刻都离不开。当我为了成为一名全职作家而辞去银行工作时,最让我感到不舍的就是要交还银行为我配备的黑莓手机。在我离开银行的那一天,我买了一部新的黑莓手机——我可不能少了黑莓手机,一刻都离不开它!时至今日,黑莓公司已经奄奄一息。而差不多十五年前,这家科技公司还是全世界知名的大公司——想想还真是讽刺。诺基亚的命运与黑莓相似。

在 21 世纪初期,诺基亚的市场占有率之大,简直无处不在。而今天诺基亚的市场占有率和当年相比简直是微不足道。在触摸屏问世之时,黑莓和诺基亚都没能及时调整以适应新的变化,它们也为此付出了沉痛的代价。后来它们也想赶上时代的步伐,可惜为时已晚。

大公司折戟沉沙的事例还有很多。究其原因,这都是无法适应变化造成的。或许我们痛恨变化,但我们必须改变。比方说,现在我们正在见证电动汽车的兴起。在接下来的十年内,唯有成功调整自己的生产线以适应这一变化的汽车公司方能发展壮大。同样,人工智能被视为未来的发展趋势。几乎每家科技公司以及许多非科技公司为了存活下来都必须适应这一变化,把人工智能融入它们的生产和产品之中。

> 或许我们痛恨变化,但我们必须改变。

## 你能适应吗?

在通过学习并拿到了某一专业的学位之后,大多数人都希望能从事同一领域的工作。然而,一生只需一个学位、一份工作干到老的时代已经一去不复返了。就拿医生来说吧。医疗领域是相对稳定的领域,而医生也是相对稳定的职业。如果你是一个医生,你可以固守传统,或许你也不会为此而丢了饭碗。然而,今天挣钱最多的医生是什么样的医生?是那些不仅有医学知识还有商业头脑的医生。他们能经营医疗公司,使自己的收入翻几番。他们开设诊疗中心和连锁诊所,还会提供网上问诊服务。

同理,如果你正在从事的工作待遇不够好,提薪幅度过小,你该怎么做?你必须进行调整,在同一家公司找一份待遇更好的工作,或者干脆跳槽换一家公司。而以上两种选择都要求你进行自我调整,学会构建人脉,推销自我,发现机遇。职业提升的另一选择就是自己创业,而这也需要你进行一系列调整以适应变化。你将进入从未涉足的领域,放弃稳定的收入,还要学会如何经营一家公司。

## 职业以外的调整适应

除了职业,你在生活中的其他方面也要学会适应。当你的年龄渐长,你的身体也发生了变化。你必须保持健康。在二十几岁的时候，你可以吃垃圾食品，即使睡眠不足也没什么大不了的。然而当你年过不惑，同样的生活方式就不适用了。只有那些能适应年龄变化的人才能保有健康。而那些无法适应的人在晚年时就会饱受健康问题的困扰。

在处理人际关系时，你也需要适应能力。18岁的好男友到了38岁未必能成为一个好丈夫。在18岁时，你只要风趣幽默、为人友善就足够了。一个18岁的少年只要骑着自行车四处逛荡就足以被旁人视为"酷小子"。然而，当这个少年变成38岁的中年人，对他的要求也变得更多了。他必须照顾好自己的家人。他是否有好工作？他有没有存款？他有能力买房吗？而且旁人也不会叫他的昵称，而是叫他的全名。如果这个曾经的少年不想长大，还想骑着自行车四处逛荡，根本不愿适应变化让自己在职业生涯中取得成功，那这个38岁的中年人可是一点都不"酷"了。

人生总是不断发生变化。即使不是每天都在变，即使你感觉每天都差不多，但变化依然存在。正因为你觉得日复一日过的都是同样的日子，你才会产生"没必要改变"这样的错觉。不过让我们把目光放长远，看向十年之后。你的人生和现在是否会有所不同？你希望能达到什么样的目标？如果你希望在十年后达到那样的目标，那你今天又该做出何种改变？

## 学会适应

如果你想要提升自己的适应能力,你可以此为起点——尽自己所能接受各种改变。在我认识的人之中,有的人固执到连饮食习惯都不愿改变。在我的朋友中,有的人每天都要吃印度风味的烙饼配蔬菜咖喱,即使是出国旅游也不例外。他们甚至将自己的固执视为一种美德:"我就是这样的人,老兄。我每顿饭都要吃配上达尔和印度酸奶的烙饼。"好吧,其实根本没必要这么做。他们只是习惯了这些食品,而且太过固执,不愿改变饮食习惯。正因如此,有的人会在巴黎寻找印度风味的餐厅。我还知道有些人一想到可能因工作调动而不得不前往印度另一地区的另一城市就心生畏惧。

印度北部的人不愿迁徙到印度南部,反过来也一样。"老实告诉你吧,我喜欢家乡的文化、居民和语言。"他们会如此为自己辩驳。其实并非如此,只是这些人的思想太过顽固僵化罢了。不要把工作调动视为一种惩罚。当你面临这样的情形,欣然接受吧,将其视为一次冒险。如果公司将你调到另一个区域的分公司,该怎么办?好极了,那就去吧。那里没人认识你?没问题,学会适应,学会结交新朋友。孩子的上学问题怎么办?好吧,他们能适应的,他们也能学会如何结交新朋友。

▌假如你在人生中面临两种选择,其一是保持不变,其二会带来变化。那么就选择后者吧。▍

假如你在人生中面临两种选择，其一是保持不变，其二会带来变化。那么就选择后者吧。经过一段时间之后，面对变化时你不会再心生畏惧。最后，你将拥有蟑螂般强大的适应能力。你会像蟑螂一样淡定地面对变化："发生变化了？太棒了！只管来吧，我能适应的！"

**要点：**

- 或许你不喜欢变化，但变化不可避免。
- 无论是在自然界还是在现实生活中，能存活下来的都是最具适应能力的生物或人。
- 淡定地面对变化，不要因变化而心生畏惧。把变化当成一场冒险。
- 蟑螂是世界上适应能力最强的生物。蟑螂在地球上存活了几百上千万年，并且能适应各种环境。你应该像蟑螂一样，适应周围环境的变化。
- 一切事物都处于变化之中——你的职业、人际关系、健康状况、周围环境等都会发生变化。要诀就是察觉变化，适应变化。

"我该怎么变呢？"维拉杰问道。

"什么意思？"我边说边搅动着碗里的番茄汤。我点了最清淡的午餐——一碗番茄汤加一小份沙拉。我为自己两天前吃了那两个冰激凌而感到愧疚，直到现在那愧疚感还没有消散。

"我想像蟑螂一样适应变化，可我该适应什么呢？"维拉杰问道。

"这个问题只有你才能解答。扪心自问，然后你就会得出答案了。"

"这个世界变化快。如果我一直当个外卖送餐员，我不会有什么进步的。"

"为时犹未晚，"我说，"身为一个外卖送餐员没什么不好，不过如果你觉得自己能成就更多，那就去做吧。"

"没错，我必须适应，我要找一份新工作。或许我应该去读书，再拿一个学位——一个有用的学位。"维拉杰说着站起来，准备离开。

"很好，看得出你正在思考这个问题。"

"是的，我要思考自己的人生，我要问自己：'蟑螂会怎么做？'"

"把蟑螂当成新的榜样?"

"算是吧。明天我们谈什么?"

"人际关系。这是第九条——构建人脉。"

# 第 9 课：学会构建人脉

构成人脉的并非你认识的人，而是认识你的人。

——无名氏

人脉是人生成功的要诀，学会构建人脉。

## 一罐鹰嘴豆

在高盛旗下的投行工作了几年之后，我遇见了一个很讨厌的上司。我姑且将这个上司称为"老毒"吧。老毒让我生不如死，如同身处地狱一般。老毒批评我，把好任务从我手中抢走，两次否决我的晋升提议。总之，他让我的职场生活变得苦不堪言。当时我真想辞职。不幸的是，那是 21 世纪初期，互联网经济的泡沫刚刚破灭，几乎找不到新开设的金融机构。如果我辞职的话，那就意味着我在好几个月内都难以找到工作。

就在那段时期，在某个周末，我正在香港一处名为"太古广场"的购物中心闲逛，在那里我遇见了一个人——我来香港后做第一份工作时遇见的第一位上司。那个时候我在百富勤公司打工，而我的这位前任上司名叫戴米恩·伍德，是一个30多岁的澳大利亚人，为人友善。当时他在瑞士信贷公司工作，是信贷研究处的主管。以前在百富勤公司的时候，我在他手下工作，撰写信贷研究报告。我们在购物中心里聊了几分钟，寒暄了几句。正当我们俩就要挥手道别时，我一时兴起，问了一句："戴米恩，你喜欢吃印度风味的家常菜吗？"

"我喜欢印度菜。"他答道。

"这个周末上我家来吃顿饭，好吗？"我说，"我拿鹰嘴豆做些印度风味的菜肴。"

"我喜欢鹰嘴豆，印度菜我都喜欢，感觉很有异国风味。好啊，那就到时候见。"

我就这样邀请他上我家来。我之所以选择鹰嘴豆是有原因的。烹煮鹰嘴豆菜肴很容易。在香港，你能轻而易举地在超市里找到罐装的水煮鹰嘴豆，还能买到罐装的番茄浓汤。把这两样食材放在一起翻炒，再添上几种印度香料，就能做出一盘香辣鹰嘴豆咖喱了。除此之外我还做了米饭，一顿具有异国风味的印度大餐就做好了。

戴米恩和他的妻子一起来了。我和我的妻子与他们共进晚餐，吃得很开心。这是我和戴米恩第一次在工作场所之外碰面。在吃甜点的时候，我端上从印度商店买来的新鲜的阿方索杧果。当这顿晚餐接近尾声时，我不经意地对戴米恩说："我在高盛干得不是很开心。"

"哦，是吗？"戴米恩说，此时他正在吃一片芒果，"怎么了？顺带说一句，这杧果真是美味。"

"我的上司很难缠。而且我很怀念在百富勤公司为你撰写报告的日子。哦，没错，据说这种杧果是世界上最好的杧果品种。"

晚餐很快就结束了。戴米恩和他的妻子向我们道谢，而后告别。

两个月后，戴米恩给我打电话："愿意来瑞士信贷公司工作吗？"

我马上回答"愿意"。于是我离开了高盛，就此和老毒告别，最好今生都不再相见。多年之后，老毒在《时代》周刊的"全世界最具影响力的一百个人"中看到了我的名字，得知我已经成为名人了。不过那是后话了。总之，我跳槽到了瑞士信贷公司。我在那里撰写的报告让我脱颖而出。在那之后我又跳槽到了德意志银行，在盈利颇丰的不良债务部门工作。德意志银行的这份工作让我在银行业从业的最后阶段积累了很可观的存款，而正是这笔存款让我有底气辞去银行工作，成为一名全职作家。

这个故事到此结束。而故事的起源就是我在购物中心里遇见戴米恩并邀请他上我家吃饭。一罐鹰嘴豆完全改变了我的人生。

人际关系至关重要。如果我没有维护和戴米恩的关系，没有邀请他上我家来，那么我现在的人生或许会全然不同。

## 《半个女友》

人际关系具有很大的影响力。另一个例子是在那很久之后发生的一件事，时间距离现在更近。我在孟买的住所位于班德拉，在那附近有一家健身房。我经常去这家健身房锻炼。大约十年前，在2014年的某一天，我正在椭圆训练机上锻炼，我旁边的一位老绅士正在使用跑步机。他身形瘦削，肌肉发达，看上去大概60出头。我们彼此微笑致意。

在那之后，我们每次在健身房里碰面都会和对方打招呼。某一天我们向对方进行了自我介绍。他名叫穆克什·巴特，是宝莱坞的一位制片人。我告诉他我即将出版的新书是一本名为《半个女友》的爱情小说。于是他把我介绍给他的侄子莫希特·苏瑞——一个专门拍爱情片的电影导演。我和莫希特见了面。长话短说，总之我们最后作为联合制片人拍摄了电影《半个女友》。这部电影于2017年公映。当然了，我在那个时候已经很有名了，正是我的名气让这一切成为现实。然而，假如当初我没有在健身房里和旁边的老绅士微笑打招呼，《半个女友》不会被搬上银幕，我也不会成为一部电影的联合制片人。

## 人脉的力量

做生意必定会涉及人脉。你必须学会和其他人建立某种人际关系，使自己融入一张更大的人脉网络之中。而这张人脉网最终会为你带来利益。身为高阶层人士的一大好处就是有机会结识其他高阶层人士。而第三阶层（劳工、工人和打工人）

> 你必须学会和其他人建立某种人际关系，使自己融入一张更大的人脉网络之中。而这张人脉网最终会为你带来利益。

则鲜有机会接触到第二阶层和第一阶层的人。顶级医生经常与顶级律师相识，而顶级律师又认识顶级会计师。或许你也经常见到顶级实业家、演员和政治家的合照。在印度社会中，这些人都是精英中的精英，他们的人数仅占印度高阶层人数的 0.01%。即便是这些精英都要构建自己的人脉网。而你距离人生的顶峰还很远，因此你也很有必要打磨自己构建人脉的技巧。

## 人脉网是什么？

简单来说，网络由相互连接的节点组成。在人脉网中，每个人就代表一个节点，而你与他们的关系则是连接节点的脉络。所有人都以某种关系——如亲密的家庭关系或朋友关系——和周围的人相连。不过人脉网并不仅限于此。它不只是一群密友，也不仅仅是一起吃喝玩乐的一群人。构建人脉网，是和大量不同的人构建人际关系。而所建立的人际关系应达到这种程度——当你在某一时刻与人脉网中的某个人进行接触，他们会予以回应。他们可能是你的朋友，也可能不是。但他们都认识你、尊敬你、在意你，而这点在意足以让他们和你进行双向交流。如果他们觉得可行，他们还会对你施以援手。

戴米恩·伍德算不上我的密友。我们一起共事了几个月，他是我离开校园、来到香港后的第一位上司。我和戴米恩保持着良好的关系，因此几年之后我们在购物中心里相遇时会和对方聊上几分钟——而这就是所谓的"双向交流"。我的下一步则是邀请他来我家吃饭。当时我并没有什么明确的计划，只是想和他保持联系而已。或许当时戴米恩对这一邀请加以考虑之后觉得可以接受。由于他喜欢印度菜，或许他也想和我保持联系，因此他觉得一起吃顿饭也挺好，于是便应承下来。在吃饭时我告诉他自己在高盛干得很不开心。我并没有让戴米恩帮我找份工作。不过幸运的是，两个月后他的公司正好出现职位空缺，而他觉得可以找我试试。

如此一来，他找到人来填补空缺，而我则得到了一份新工作。我通过请他吃饭和他联络感情这一行为给我带来了莫大的好处，最终改变了我的人生。不过话说回来，我请他吃饭并和他联络感情也可能会无果而终，但这也没什么。不是每一次和人联络都能达到目的。正因如此，你才要经常和人联络。同样，也存在这样的可能：戴米恩向他人脉网中的某个人推荐我，而那个人则帮我找到了一份新工作。如此一来，我的人脉网和戴米

▌不是每一次和人联络都能结出硕果。正因如此，你才要经常和人联络。▐

恩的人脉网就连成一片了。与穆克什·巴特（健身房里遇见的那位绅士）结交之后发生的事就属于这种情况。穆克什将我介绍给莫希特·苏瑞——他人脉网中的另一个人。

## 为成功而构建人脉

奋发向上的成功人士不仅努力工作，也努力构建自己的人脉。他们明白这个世界归根到底是依靠一个个人才能正常运作。而人们则会受到自身需求的驱动。有时候，如果你的需求和其他人的需求正好契合，那么就能实现双赢。假设有人需要人手，而你则需要一份新工作；假设有人需要一份书稿，而你手头正好有一份。一来二去，人们相互联系，而每个人都有所得。然而，要想让这样的假设成为现实，你首先要构建一张广阔的人脉网。据说人脉是一个人的净资产——这话没错。你的人脉和你所拥有的财富一样宝贵，或许更加宝贵。

▌你的人脉和你所拥有的财富一样宝贵，或许更加宝贵。▐

## 如何拓展自己的人脉

### 第一步：与更多人接触

人脉，顾名思义，自然与人有关。所以拓展人脉的第一步是确保自己能与大量的人互动。显而易见，你的中学、大学和办公室都是结识人的场所，就从这些地方开始吧。你在上述这些地方结识了多少人呢？这些人是你认识的同学或同事吗？为什么不和更多的人打成一片？参加活动，帮忙组织活动，在自助餐厅里和别人搭话——所有这些都能帮助你结识更多的人。你在工作之外也可以与人结识，例如在健身房、活动课、志愿者组织、你所住的那栋楼房……几乎在任何地方你都有机会与人结识。虚拟网络也有助于你拓展人脉。领英、Facebook 组群以及其他线上社区都能对你有所助益。它们能帮助你以虚拟网络为起点与人结识，而这种线上关系在将来有希望发展成为线下关系。

## 第二步：学会与人交谈

▌你要学会与人交谈，确保他们乐于与你交谈，并在谈话之后记住你这个人。▌

只是与人结识或参加社团组织是不够的。你必须给他人留下印象，好让他们记得你。

你要学会与人交谈，确保他们乐于与你交谈，并在谈话之后记住你这个人。

假如你属于第一阶层或第二阶层，又或是你能为他人提供价值，那么要想达到上述目的就容易多了。当一个顶级演员或运动员走进一个房间，他们无须掌握高超的谈话技巧就能毫不费力地吸引所有人的注意。所有人都想簇拥在他们周围。而你距离人生的顶峰还有很长一段路，因此你必须学会发挥自己的魅力以吸引他人的注意。你至少要做到这一点——能和任何人进行不少于五分钟的交谈,并让他们乐在其中,而且过后感觉良好。

如何达到这一目标呢?我可以教你一些速成法,给你开一张"与人交谈的话题及问题清单"。然而,这么做就显得程式化,不会有什么作用。真正起作用的是真诚。你必须对他人表现出发自肺腑的关切。你可以想象一下:假设你正在看一部名为《百样人生》的电影,每个人都是出演这部电影的明星,而你的任务就是找到有关他们的最美好的一幕。

> 真正起作用的是真诚。你必须对他人表现出发自肺腑的关切。

人们喜欢谈论与自己有关的事和自己喜欢的事。你可以就他们自身或他们的工作问一些开放式的问题。比方说,你所住的那栋公寓楼的业主委员会正在进行一次聚会,你碰到了一个医生。你可以问他在哪里工作,以此引发两人之间的谈话。然而,"在哪里工作"并非开放式问题。假如对方给出诸如"在阿波罗医院工作"之类的回应,这场谈话就到此为止了。

而假如你问对方一个开放式问题,诸如"就医生这种职业而言,最大的好处和最大的坏处分别是什么呢?"对方就要花点时间来思考才能回答。因为你问的是与对方自身相关的问题,他就更可能对此感兴趣,并更乐于给出回应。一旦对方做出回答,你可以继续问下去,态度要真诚,要表现出对对方的兴趣。例如,你可以问"你经手的最有意思的病例是什么?"如果他对"身为医生最大的好处"这一问题回答"身为医生的最大好处是能救人性命",那么你就可以接着问:"你还记得自己第一次救人性命是什么样的情形吗?"

与人交谈没有固定的模式,这是一种在实践中磨炼出来的艺术和技巧。然而,中学和大学并不会把上述有关与人交谈的内容教授给学生,也不会对此多加强调。关于如何进行一场有意义的谈话,有一些简单的话题框架可用,其中之一就是 FORD 法——家庭(Family)、职业(Occupation)、娱乐(Recreation)、梦想(Dreams)。和人交谈时可以从这四类话题中任选一类,大部分情况下都能保证谈话顺利进行下去。

## 与人交谈:必须注意的几点

避免谈论一些争议性较大的话题,例如政治和宗教,尤其是在与对方初识阶段更是要避免。如果你想对对方表现出关切,一个好方法就是询问对方的感受,尤其是对他们所从事职业的感受。如果对方比你年长,或社会地位比你高,受教育程度比你高,你也可以向他/她寻求一些简单的建议。然而,不要把对方当成自己的职业咨询师、导师或心理治疗师，不能给对方增加额外的负担。当你询问对方的建议，其实是在以暗含赞美的方式表达你对他/她的敬意。假设你碰到了一个成功的企业家，你可以问："我正打算辞去自主创业，而您身为一位成功的企业家，能否给我两条最有用的建议？"就是这么简单。无论对方给出什么建议，你都要为此表示感谢。注意：在提问过程中，你必须真心诚意地说出"成功的企业家"这一赞美之词。

但你不能问对方："能不能帮我制订创业计划？"更糟糕的问题则是："能不能借点钱给我开公司？"此时你还没有可以提供给对方的价值，也没有什么影响力。你所能采取的最好方式就是和对方进行一场有意思的谈话。交谈结束后，记得和对方交换电话号码，保持联系。或许你可以通过WhatsApp，每两个月给对方转发一两篇与他/她的事业相关的有趣文章。但是不要给对方发垃圾信息，更不要每天都给对方发"早上好"。

最后一点就是要注意适度。在与人交谈时让对方乐于听你说话，但不要咄咄逼人。你也可以时不时地要求和对方进行私人会面，例如参观一下对方的诊所、商店或工厂，借此机会和对方进行进一步对话。对于所有你认识的人——尤其是那些取得成功的人以及那些你视之为楷模的人，你都可以重复上述模式与其联络感情。几个月或几年之后，你就能构建出一张优质人脉网了。

最后，在你和人脉网中任何一人进行联系之前，你应该想清楚自己为什么要和他/她联系。是为了保持人脉不致枯竭？可以。

是因为你有所求？如果你对对方有所求，那么你又能为对方提供什么？有求于对方却又无法提供价值作为交换——这样的情况应该避免。

人脉网：不同的节点代表你在生活中结识的人，线条代表你和他人的关系

## 人脉升级 VS 人脉降级

为了获得成功，或许你希望能一直升级人脉——也就是说和社会阶层高于你的人结识并把他们纳入你的人脉网中。然而，在现实生活中又有所不同。的确，人脉为你带来的不仅仅是职业上的收获。职业上的收获不过是良好人脉带来的副产品，而拥有良

好人脉为你带来的最大收获是让你成为一个擅长交际的人。

"我这么做是在升级人脉，还是让人脉降级？"——对于这个问题，不要想太多。你要关注的是磨炼你的人际交往技巧。当你遇见某个人时，你如何给对方留下印象？你能否和对方保持联系，但又不至于把人逼得太紧让人厌烦？想一想你如何能帮助对方，而不是只想着对方如何能帮助你。最终，你将会构建一张联系紧密、充满信任的人脉网，而随着时间的推移，这张人脉网会给你带来回报。

> "我这么做是在升级人脉，还是让人脉降级？"——对于这个问题，不要想太多。你要关注的是磨炼你的人际交往技巧。

当然了，也不要只是和低于你的人结交。升级人脉是有好处的。你必须付出额外的努力与更高阶层的人结交。如果你的起点很低，你不太可能接触到地位很高的人。这时你就尽力而为。你要不停地提升自我，在职业道路上努力向前，以此提升自己的地位。最终你就有机会接触到地位更高的人。珍惜你的人脉吧。不要忘了，你的人脉是你的净资产。

## 要点：

- 你的人脉是你的净资产。

- 为了构建人脉,你所要做的是与大量不同的人维持健康的人际关系。而你所建立的人际关系应达到这种程度——当你在某一时刻与人脉网中的某个人进行接触,他们会予以回应。
- 在人脉网中,不是每一段人际关系都能带来回报,但其中一些能带来回报。因此你必须致力于建立广泛的人际关系,构建一张庞大的人脉网。
- 为了拥有一张庞大的人脉网,你必须经常与人接触,并对他人表现出诚挚的关切。
- 与各个阶层的人——包括地位高于你的和地位低于你的人——进行交流。任何人际关系都有可能在某一刻结出硕果。

今天维拉杰给我带来的是中餐，是一家名为"唐人厝"的中餐馆的外卖。面条吃起来很美味，和面条搭配的饺子也很好吃。

"就像这面条，"我说，"你的人脉网就是和其他人错综复杂的关系，而这能帮助你过得更好。"

"抱歉，奇坦先生，抱歉，可是这条规则不适合我。"维拉杰说。

"为什么？"我抬起目光，一脸惊诧地看着他。

"我只是一个外卖送餐员。我怎样构建人脉呢？我又能和谁结识呢？我不可能接触到高端人士的。"

"我不明白你的意思。"

"你觉得我能怎么做呢？比方说，我在班德拉送外卖，把其中一份送到一个商人家里，然后我就能和他聊上几句吗？他根本不会和我说话。大多数时候，来拿外卖的是保安。即使我当真能把外卖亲自送到他手里，我最多能拿到一点小费，根本不可能有机会和他攀谈。"

"你说的或许没错。"

"差距太大了。那些人把我们这些外卖员当成……老实说，他们根本看不见我们。在他们眼里，我们只是给他们送来三明治或印度香饭的机器。"

"那些餐厅呢?"

"餐厅?"

"你要在那些餐厅外头等着,对吧?"

"没错,那是常有的事。我要等着餐厅的人烹煮或打包外卖。"

"你有没有和餐厅经理聊过?聊过几次?"

"什么意思?"

"你不会只去那些时髦的餐馆吧?大多数叫外卖的人会选择那些更朴素、价格更低廉的餐厅。"

"这倒没错。"

"你和那些小餐厅的经理聊过吗?你有没有问问他们自身的情况?问问他们工作如何?"

"你说我吗?怎么可能?"

"怎么不可能?"

"我只是一个外卖送餐员。再说了,就餐高峰期餐厅的经理很忙的。"

"那非高峰期呢?你有没有试过和他们攀谈?"

维拉杰停下来,稍加思索。然后他摇摇头。

"为什么不去试试呢?"

维拉杰没有回答,我继续说:"还有为你找到这份工作的职业介绍所,你有没有试着和职业介绍所的员工聊聊天?有没有试着和他们搞好关系?"

维拉杰抬起目光看着我。现在轮到他一脸惊诧了。他摇摇头。我再次开口:"维拉杰,你从没想过,对吧?或许职业介绍所的人了解市场上所有就业信息,可他们所处的阶层并不比你高。他们是你可以结交的人。"

维拉杰点点头。

"你有没有参加你家乡的一些宗教团体或组织?例如象头神协会或者杜尔迦普加节筹备会这样的组织?或者其他你能帮得上忙的地方——例如非政府组织之类的?"

"我从没想过这些。"

"你应该想想的。我们从来不教学生怎么构建人脉,这实在是太糟糕了。"

"我今天就去职业介绍所。"

"就这样?"

"我知道班德拉有一家糕饼店,他们每天晚上都会免费赠送当天卖不出去的糕饼。我要带上一些糕饼,拿去送给职业介绍所的人。"

"太棒了。看吧,这家糕饼店就是你人脉网中的一环,你可以从他们那里免费拿到糕饼。而这些饼干蛋糕又成了你为职业介绍所员工提供的价值。"

"而职业介绍所的人能提供新的就业信息,这也是我从他们那儿获得的价值。"

"没错。或许他们不会马上提供信息,不过总有一天他们会这么做的。现在你要做的就是巩固你的人脉。"

"是啊,谢谢您。"

"不客气。明天见,明天我们说说第十条规则。"

# 第 10 课："是我的错"

> 极致责任——领导者掌控着他们所处领域内的所有一切，他们无法将责任推卸给其他人。
>
> ——约克·威林克[1]

改善现状的第一步就是为你自己的所作所为负责。

## 一个对星座颇有研究的小胖子

小时候我是一个小胖子（现如今，"胖"并非"政治正确"用词，不过我还是喜欢用这个字来形容以前的自己），长大成人之后我变成了一个大胖子。在我人生中大部分时间里，我都是胖子。我第一次因长得胖而被人嘲笑还是在学校读书的时候。当时

---

1 约克·威林克（Jocko Willink, 1971—）：美国海豹突击队退役军官，曾著有畅销书《极限控制：如何在绝对困境下逆袭并获取胜利》（*Extreme Ownership: How U.S. Navy SEALs Lead and Win*）。

我的肚子上已经长出"游泳圈"了。我的同学喜欢戳戳我肚子上那软软的肥肉，他们觉得这好玩极了。他们嘲笑我。为了打消心头那种耻辱的感觉，我也跟着他们一起哈哈大笑。长得胖意味着我体育不好，因此学校任何球队选拔队员时都不会选我。

等我升到高年级，男生和女生开始对彼此产生好感。我意识到自己肥胖的体形意味着班上的女生都看不上我。在大多数时候我都认命了。有的男孩体形健美，相貌英俊，而我并不是他们中的一员。我常常对自己说："好吧，生活中不可能每个人都长得帅。"有时我会在心里和自己对话："或许他们长得帅，还有二头肌，可我数学比他们好啊。我能拿 90 分，他们只能拿 70 分。"对我来说，对微积分的了解在某种程度上弥补了我外貌上的不足。我还想方设法和女生们搭话。我学会说笑话，逗得她们哈哈大笑。女生们都喜欢有幽默感的人，对吧？

我周围的女生都喜欢谈论诸如英语歌曲和星座之类的话题。我就这些话题进行了一番准备。我研读了《琳达·古德曼的太阳星座》。如果一个女生是处女座，我就会在脑子里搜索处女座的特征，然后对她说："你是不是一个很情绪化的人？你为朋友的付出多于朋友为你的付出，对吗？"

"哦，当然！说得真准！你怎么知道的？"她答道。（当然了，听到这样的好话谁会否认啊？）

"这是处女座的特征。你是处女座，对吧？在你眼中，爱比金钱更宝贵……"我接着说下去，只盼着不要冷场。

从某种程度上说，我用这种方法和女生们搭话算是成功了。"我长得胖，还有'游泳圈'，可那又怎么样？我知道怎样和女生聊天。"我对自己说。

没错，女生们和我聊天。然而，我们之间的关系就止步于此了。她们从不会觉得我有魅力，也不会用充满爱慕的眼光看着我，更不会和我约会。这些"待遇"是篮球队队长之类的人才有资格享受的。我喜欢上一个女生，我们一天到晚都在谈论星座。然后我向她表白，结果被她拒绝了——这样的情形发生了好多次。在大多数时候，她们以最和善、最讨喜的方式拒绝我。她们会说：

"啊，你喜欢我啊，真是太感动了。可我从来都没有把你当成男朋友看待。"

"是吗？我也喜欢你，可那只是朋友之间的喜欢。不要为这事毁了我们之间的友谊。"

"我喜欢你，可我只是觉得你很可爱，就像一只胖嘟嘟的泰迪熊一样。我和你就是哥们儿。"

"你长得胖嘟嘟的，那么可爱！不过把你当成男朋友……光想想就觉得很奇怪呢。"

看出来了吧？她们轻而易举地拒绝了我。直到现在，当时那种心痛的感觉还没有完全消散。这是被颁发"好人卡"时感受到的心痛。与之相比，有一种心痛更让人难受，那就是被女生称为"守护兄弟"——这个词是印度的女生发明出来的，凡是无法让她们动心的男生都会被划归这一类。

不管怎么说，我敢肯定很多男孩都碰见过类似的事。男性随时都可能面对女性的拒绝。这并不是女性的错，她们也没有加入一个旨在拒绝男性、令男性伤心的邪恶组织。身为女性，总有很多男性和她们套近乎，而她们也不可能和每个套近乎的人约会。如果一个女生对某个男生没那个意思，那她也不会和他约会。然而，当时我还看不清事情的方方面面。我只是感到自己被拒绝了，并为此而受伤。我认为她们是专门针对我的，我觉得拒绝我表白的女生是虐待狂，她们以伤害我为乐。

"那她为什么要误导我呢？如果她对我没意思，那为什么还要和我聊什么处女座天蝎座，一聊就是几个小时？为什么还要每天给我打电话？"我在心里琢磨，然后在哭泣中入睡。

有时我又会感到愤怒。"她就是个蠢货！她也知道自己喜欢和我聊天，我能逗她哈哈大笑，可她还是去追那个板球队队长。她怎么那么蠢？"在我看来，这些女生要么是邪恶的，要么是愚蠢的。而我只是一个想要向女生表白的无辜男孩。我觉得让我受伤的正是这些女生。换言之，"都是她们的错"。她们必须为我的心碎负责，都是她们的错，我没有错。

一直以来，我们都用这样的方式来回避真正的问题，正如以前我面对女生拒绝时所做的那样。在面对这些问题时，我们在脑子里捏造出某种叙事，而这种叙事让我们在当时感到好受些，可从长远来看却对我们自身有害。以下正是这种"受害者叙事"常见的套话，或许你听得耳朵都起茧了。

"如果其他人如何如何，我的人生就会变得更好。"

这样的叙事模式一旦在你脑子里扎根就会衍生出多种变体。以下是一些例子，其中大部分都源于我的人生经历：

- "我拥有一个痛苦的童年，所以我什么都做不好。"
- "我的父母不支持我，所以我无法实现自己的目标。"
- "我的父母太强势了，所以现在我一事无成。"
- "我是旁遮普人，旁遮普人太爱吃了，所以我这么胖。"
- "我小时候缺爱，所以我暴饮暴食，才变得那么胖。"
- "整个教育系统糟糕透顶，所以我找不到好工作。"
- "我的骨头太重了，这是基因造成的，所以我才体重超重。"
- "我的父母没有钱，也没有好人脉，所以我无法出人头地。"
- "我的朋友让我分心了，就因为这个我才无法学习。"
- "现在竞争太激烈了，所以我无法取得成功。"
- "政府没有创造足够多的就业机会，所以我才找不到好工作。"

这张"甩锅理由清单"可以无穷无尽地写下去。面对自己的身体现状、收入现状、社会地位以及生活质量等问题，我们能找出冠冕堂皇的理由（其实说成借口更合适）。对于自己的人生为何沦落到现在的境地，我们都能找出理由来为自己开脱。或许这源于人类的应对机制。如果我们一直感受到自身的不足并为此不停自责，那我们就会感到很痛苦。因此，我们的大脑就像生成式人工智能模型一样为我们生成一大堆理由。然而归根到底，每一条理由的本质都是一样的，那就是：

"如果其他人如何如何，我的人生就会变得更好。"

好吧，那就这样了，认命吧。不要试着去改善提升了。你所有的问题和不足都是其他人造成的，你根本无法改变。把这本书合上，扔到一边，继续度过平庸的一生吧。每当那个细微的声音在你脑中响起，让你更加努力，你就从"甩锅理由清单"中抽出一条理由或借口，让它闭嘴，然后什么都不用干。

如果你当真这么做了，结果就是现实情况没有任何变化，你永远也无法提升，最终过完自己平庸的一生。好吧，反正百分之九十九的人生都是这样的。欢迎加入大多数人的世界！

但还有另一种选择。你可以做出改变。你可以打破这种甩锅他人的思维定式。即便你的理由或借口是真实存在的，那对你也毫无帮助。你无法掌控他人。就算我们承认你的问题是其他人造成的，那又怎样？如此一来，除非其他人做出改变，否则你的问题还是无法解决。可你能让他们做出改变吗？你不能。你能做的只有一件事——改变自我。即使是改变你自己也很难。经过这么多年，我们已经变得顽固不化，我们的思维已经僵化，因此要重塑我们的脑神经回路可是不小的挑战。然而，这并非完全不可能。我们的大脑具有神经可塑性，因此我们能学会以更好的方式进行思考，让自己成为更好的人，让自己的人生变得更好。而重塑脑神经回路的第一步就是把大脑中那张"甩锅理由清单"扔掉，就像扔垃圾一样，代之以一种简单的全新叙事思维方式，那就是：

"是我的错。"

## 肩负极致责任

当你的生活出现任何问题，默认的第一反应应该是承认"是我的错"，并负起责任。你的朋友挣钱比你多？你觉得这是因为他运气好，在一家跨国大公司里找到了工作。不，那是你的错。你没有更加努力，你要为此负责。在找工作时你本该付出十倍的努力。

> 当你的生活出现任何问题，默认的第一反应应该是承认"是我的错"，并负起责任。

女生总是给我颁发"好人卡"，说我像泰迪熊？那不是因为她们本身很邪恶或很无知，而是我的错。我错在长得胖，没有吸引力。我不该花费时间研究星座，而应该每天跑步锻炼。

遗憾的是，当时我并不觉得自己要为长得胖负责。我从一个小胖子长成一个肥胖的成年人。我为自己找借口，却没有付出真正的努力去改变现状。我一直很胖。当你年纪渐长，肥胖会造成更大的问题。数不胜数的科学证据表明，肥胖增加了罹患心脏病、糖尿病、高血压以及其他疾病的风险，而心脏病正是人类的头号杀手。肥胖真的可以要你的命。可我却一直胖下去。

## 自我纠正

我在 40 多岁的时候，终于意识到这是把自身健康置于危险的境地。在对抗新冠疫情进行封闭管理的那段时间里，我进行了思考，而这使我意识到我的做法是完全错误的。只有我自己才能纠正。对于脑海中那套荒谬的思维模式，我大喊一声："够了！"而情势就此发生变化。

我之所以长得胖，并不是因为我身为旁遮普人，而旁遮普人的特质就是喜好不健康的食物。无论你是哪里人，旁遮普人、泰米尔人、孟加拉人、墨西哥人还是中国人，你都能选择更加健康的饮食。我把那些显而易见的垃圾食品（精加工食品和高油高糖食品）从我的饮食中剔除出去；我进行间歇性断食；我还意识到每个人都可以进行运动，而不只是"擅长运动的人"才能运动。上帝造人时并没有把人划分为"擅长运动的"和"不擅长运动的"。即使你从不参与体育活动，也不知道在健身房里该干什么，你也可以进行运动——可以从慢跑开始。开始时我每天跑几公里，后来我成了一个擅长跑步的人。

改变饮食习惯、每天跑步很难吗？很难，难到你无法想象。

但无论如何，至少我已经着手解决这个困扰我一生的问题——肥胖。

一旦我为自己的问题负起责任，我就可以采取针对性行动来改变现状，例如减少不健康食品的摄入量，增加运动量，等等。而之所以发生这样的改变，都是因为我说了一句话——"是我的错。"

如果你脑子里已经存在一张"借口及理由清单"，那就赶紧把这张清单丢弃，永远丢弃。许多励志专家都推崇"极致责任"这一理念。你要对自己生活中的每个方面——从你穿的衬衫到你的职业——负起责任。"借口及理由清单"能为你带来慰藉，但不要屈从于这种诱惑。找理由找借口可以让你暂时觉得好受些，可最终你的问题依然没有得到解决，你的人生还是一团糟，还是一如既往的平庸。

> 如果你脑子里已经存在一张"借口及理由清单"，那就赶紧把这张清单丢弃，永远丢弃。

> "借口及理由清单"能为你带来慰藉，但不要屈从于这种诱惑。找理由找借口可以让你暂时觉得好受些，可最终你的问题依然没有得到解决，你的人生还是一团糟，还是一如既往的平庸。

你的父母很可怕？这的确令人难过。然而，你是否让这一点决定了自己人生的方方面面？你是否会因此而不再努力？又或者你会为了摆脱这糟糕的境况而加倍努力？你要为自己负责，这是你的责任所在。我可以把自己的童年经历当成借口，然后开始抽烟、喝酒。看吧，我有一个充满创伤的童年，我怎么可能学什么物理呢？哦，这可不行。我对自己说我最好还是继续学习物理。已经发生的事不是我的错，可如果我荒废学业，那就是我的错了。

对于你追求的目标，你的配偶不理解或不支持——好吧，这还是你的错。如果你需要配偶的肯定和支持才能追求自己的目标，那你就是一个由情绪脑主宰的白痴。如果那真是你的目标，无论是否得到支持，你都会坚定不移地向其迈进。

你缺乏专注力，注意力难以集中——那是因为你手机上有太多令人分心的东西，你对廉价多巴胺上瘾了。只有你才能戒掉它。

你要记住，在这世界上不会有人来拯救你，几乎没有人在乎你。或许你的父母在乎你，但也有一定的限度。如果你一直是个一事无成的窝囊废，即便是你的父母也会弃你而去。这本书能指导你沿着正确的道路迈进，让你获得成功的人生。然而，只有你自己才能使之成为现实。你没有六块腹肌（其实我也没有），没有钱，没有深爱你的爱人，究其原因，这都是你的错。

> 这本书能指导你沿着正确的道路迈进，让你获得成功的人生。然而，只有你自己才能使之成为现实。

不过一旦你担负起极致责任,承认这些都是你的错,一个计划便开始成形。你可以按照计划行事,解决自己的问题,改善自己的境况。一旦你负起责任,当你想到自己人生的种种缺憾,你就可以在前面加上"现在还"这几个字。比方说,"我没有六块腹肌"就变成了"我现在还没有六块腹肌";"我没有钱"就变成了"我现在还没有钱";"我没有理想的女友/男友"就变成了"我现在还没有理想的女友/男友"。虽然你目前尚未拥有,但你可以为之努力,每次迈出一小步,逐渐向自己的目标进发。顺带说一句,我要不停锻炼,直到我拥有六块腹肌!

## 反映残酷真相的现实增强镜子

我最喜欢的一个励志人物是大卫·戈金斯,他是美国前海豹突击队队员,是超级马拉松运动员。他的视频和书都非常不错,我向大家强烈推荐。在他所写的《我,刀枪不入》这本书中,他提到了一个名为"问责镜子"的概念。为了向他致敬,接下来我想谈谈经过我改良的这面镜子——反映残酷真相的现实增强镜子。

想象一面漂亮的镜子,然后站在镜子前。镜子映射出你的全身，你能看到自己的酒窝以及身上的伤痕、尘土、赘肉。现在再想象一下，赋予这面镜子反映残酷真相、增强现实的特质，再把这一特质放大。每当你站在这面镜子前，镜子不仅能反映出你躯体的所有细节，还能告诉你关于你人生的事。它会告诉你哪些方面还不错，但更重要的是它会告诉你哪些地方出了问题。

想象一下，一个名为曼尼什的人站在镜子前。曼尼什不仅看到了自己的脸和身体，还看到一行行字出现在自身映像旁边。

- "曼尼什很胖。他应该减重 10 公斤才能达到自身最理想的状态，才能获得最佳的自我感觉，才能预防疾病。"
- "曼尼什为他的职业担忧，他担心自己被裁员。然而，他对此并没有后备计划。"
- "尽管曼尼什明白自己和双亲的关系非常重要，可他还是对自己的双亲不理不睬。"
- "对于自己的钱财，曼尼什没有进行合理的投资。对于把钱放在何处以及如何存放，他甚至没有明确的想法。"
- "上个月曼尼什只去了健身房两次，他办的健身房会员就这样白白浪费了。"

好了，现在把曼尼什的名字换成你自己的名字，再读一读上面这几句话。

当你站在这样一面镜子前，你会不会觉得心惊胆战？大概会吧。然而，这样做有好处吗？当然有。意识到自己人生中的哪一方面需要修补总是一件好事。如果你都不知道自己存在哪方面的不足,你又如何去修补呢?

尽管制造这种镜子的科技尚未问世,我们任何人都可以在想象中造出一面反映残酷真相的镜子。但我们甚至不用站在一面真实的镜子前,我们需要做的只是了解自己的人生现实。我们要把人生中存在的问题列出来,就这么简单。然而我们就是不去做,我们不想面对自己的问题,不想担负责任。

> 意识到自己人生中的哪一方面需要修补总是一件好事。如果你都不知道自己存在哪方面的不足,你又如何去修补呢?

那我们是怎么做的?我们往这面反映残酷真相的镜子上抹灰尘,有意让它变得模模糊糊,如此一来我们就看不清镜子反映的残酷真相了。当我们的人生出现问题,我们就通过酒精、香烟、不停刷短视频、看电视、打游戏和刷社交媒体等方式来逃避问题。我们借此虚耗自己的时光,让疼痛感变得麻木,分散自己的注意力,不再关注那些问题。我们往这面镜子上洒一层闪亮的廉价多巴胺,不让自己因看清现实而感到痛苦。最终,问题不停发酵,逐渐变大。原本超重10公斤变成超重20公斤,最后导致心脏病发作;在25岁时对自己的职业毫无规划的人到了45岁就面临破产,最后在贫困中度过晚年。

把反映残酷真相镜子上的灰尘抹去,把它放在明亮的阳光下,让它直言不讳,把所有一切都告诉你。把人生中的所有问题都列出来,然后说:"好吧,的确是这样的,而这都是我的错。"接着做出计划,解决每一个问题。你可以着手修补你的人生,提升自我。你想要追寻人生的意义?你现在已经找到了。你人生的意义就是为自己负责,解决你的问题,尽力成就最好的自我。

> 你人生的意义就是为自己负责,解决你的问题,尽力成就最好的自我。

## 要点:

- 如果你不停地将问题归咎于其他人或所处的环境,你就只能继续过这样的生活,你的人生注定是平庸而充满痛苦的。
- 丢弃"借口及理由清单",代之以极致责任——你就是问题本身,但同时你也是解决问题的关键。
- 勇敢地面对现实——学会解决问题,而不是逃避问题。
- 如果你承认任何问题都是你的错,你就能想出一个计划,并按照这个计划行事,改变现实。

"都是我的错，"维拉杰自顾自地点头说道，"没错，是我的错。"

"什么是你的错？"我问道。

"我的人生，以及我碰到的所有问题，都是我造成的，我本可以做得更好。"

我打开外卖盒。今天我在一家新开张的云厨房点了红腰豆盖浇饭外卖。外卖的容器是一个圆形的碗，很漂亮，大可以拍张照片发到朋友圈里炫耀一下。这个碗分隔为两半，其中一半放着红腰豆咖喱，另一半放着热气腾腾的米饭。

维拉杰坚持让我边吃边和他聊天。我提出和他一起吃，他拒绝了。他还在计算自己摄入的卡路里。

"对于这条'是我的错'规则，你没有不明白的地方吧？不再找理由反驳我了？"我问道。

"老实说，我还是想到了反驳的理由。"维拉杰说。

"哈，看吧，我就知道。如果你那么容易就被我说服了，那我可就要担心了。好吧，说吧，反驳我吧。"

"你说'都是我的错，'"维拉杰开口道，"可如果得了癌症呢？如果碰上车祸呢？如果小时候就失去父母呢？你看，不是所有问题都是'我的错'。"

"你说的没错，有时候的确会碰到这样的事。"我说。

维拉杰不再说话，而是在思考。我则舀起一勺热腾腾的红腰豆盖浇饭，吹一吹热气。这时他又开口了。

"不，我说的不对。我说的只是特例，却忽略了最关键的东西。没错，人们有时候会遭遇意想不到的大不幸，可我并没有得癌症，也没有碰上车祸。我要做的只是更加努力，更加专注。可我并没有这么做，这的确是我的错。"

"你进步很大，维拉杰。原本你每听一条规则都要提出质疑，现在你已经会为自己答疑解惑了。"

"那并不是什么质疑，只是另一种形式的借口罢了。当我们听到好的建议，我们心里就会明白。如果这时候还要有意识地去寻找一些概率很小的特例作为证据来证明这建议是错的，那就是另一种形式的否认或借口了。我可不想再这样做了。"

"说得好，维拉杰。归根到底，就是看哪种想法对我们更为有利。相信错在自己更好，因为这意味着你同样掌握着纠正错误的能力。如果你说'可还有一些例外'，或者'事实上并不完全是自己的错……'"

维拉杰打断我的话，帮我把这句话说完。

"……那样根本没有帮助。如果我总是说'阿琵塔伤害了我'，那对我又有什么好处？阿琵塔并没有伤害我，她并没有做什么，也没有要求我做什么。我就是个笨蛋。我决定追求她，而不去追求自己的目标。我就是个白痴。她只是做了最有利于她自己的事，而我又无法满足她。我不在意自己的人生。没错，我要大声地说出来，清清楚楚地说出来：'是我的错！'"

维拉杰站起来，准备离开。

"你的下一步计划是什么？"我问道。

"我正打算制订一个计划。还有一条规则，对吧？"

"没错，就剩一条了。一条简单而实用的规则，但常常被人忽视。"

"是什么？"

"明天再说吧。"我微笑道。

# 第 11 课：挣钱、存钱和投资

种一棵树的最佳时机是二十年前，次佳时机是现在。
——中国谚语

打一份工挣一份薪水不能让你变成富人，你还要学会存钱和投资。

## 我的朋友 D

我有一个朋友，姑且就叫他丹尼什（化名）或 D 吧。我和 D 在大学期间就是朋友了，我们的友谊可以追溯到几十年前，现在我们俩都年近 50 了。在一年前波及金融业全行业的裁员潮中，D 丢了工作。直到现在他还没有找到新工作，为此他非常着急。不久前我和他在某个酒吧里碰面。

"市场太萧条了。在我这一行，根本没有公司招人。再说了，我都这个岁数了，要想找份工作可是难上加难。"D 抱怨道。他一口喝下威士忌，仿佛那只是可乐。

"没事啦，D，你都工作几十年了。你不用忙着找工作，休息一下，关注一下你人生的其他方面。"我说。

D拿出一包香烟。

"你不介意我抽烟吧？"他问道。

"不介意，不过你该戒烟了。吸烟对健康造成多种危害，还有……"

"行了，励志演讲大师，"D打断我的话，"行行好吧。你看看我，我丢了工作，没人愿意雇用我。我需要在生活中找点能提振精神的东西。"

"没用的。我是说短时间内可能有用，但最终只会让情况变得更糟糕。"

D点点头，以示同意。但他还是点燃了一根香烟。我本想告诉他大脑的多巴胺机制如何运作，而抽烟又如何扰乱了这一机制，可我还是忍住了。

"哪怕只是暂时有用都行，"D说，"你根本不知道我经历了什么。"

"怎么了，D？你不是工作了几十年吗？你肯定有存款吧。要我说，你就应该辞去这工作，再也不要每天都给大公司当牛马了。过自由自在的生活，尝试点新东西。"

D摇摇头："我不能做出这样的选择，我不像你那样拥有这种奢侈，大作家先生。我必须像牛马一样干活，做个苦命打工人。"

"为什么？"

"新买的房子每个月都要还房贷,孩子们的学费很贵,大学的学费会更贵。还有车贷,还要给家政工发工资,还要支付各种账单,还要维护房屋。所有这些都要大把大把地花钱,可是我却没有收入。"

"那存款呢?投资理财呢?其他资产呢?"我问道。

"什么存款?根本没多少。我必须工作,就这样。我们可没有你这样的好运气。"

这样的选择,奢侈,好运气——D就是这样说我的。他也没说错。的确,我不想继续为大公司打工,于是我选择了这条道路。近十五年来我都是这样,而未来我也不打算再次加入打工人的行列。我的最后一个雇主是德意志银行。我还记得我起草辞职邮件时的情景。在我把邮件发送出去之前,我感到既紧张又惶恐。不过我还是按下了发送键。

D说我之所以辞去银行的工作是因为我的运气足够好,可以成为一个畅销书作家。我承认,在我成为一个全职作家的过程中,的确存在着运气的成分。我很努力,不过还有许多作家也和我一样努力,但他们却从来没有像我这样得到广泛认可。

## 为写作辞去银行工作

然而,在某些细节上D却说错了。他以为我之所以辞去银行工作是因为写作能给我带来丰厚的收入。但是在我辞去银行工作时，情况并非如此。在我刚离开投资银行业的时候，写作并没有给我带来丰厚收入。当时我身为作家的收入还不到在银行打工时收入的5%，也就是说我的收入骤减95%。很少有人会为了缩水95%的收入而辞去原来的工作，可我却这么做了。即便是仅相当于原来5%的收入也得不到保障。虽说当时我有了一点名气，可如果我的读者转而去追捧另一个新星作家，那会怎样？如果他们忘了奇坦·巴哈特，那会怎样？如果真发生这样的事，那么我这点少得可怜的收入也会化为乌有。

我之所以冒这么大的风险辞去工作是因为我非常勇敢；为了投身自己热爱的事业，我勇敢地迈出这一步，就如同站在高楼上纵身一跃，坚定地相信自己可以一飞冲天；接下来就是"看啊，一个作家诞生了！"——如果真是这样就好了，这是多么激动人心的故事啊！然而，这并非事实的全貌。我的确是纵身一跃，然而在那之前我还得确保自己拥有一张安全网，让自己不致摔死。这张安全网就是我的理财规划，由我的存款和投资编织而成，而我为此已经积蓄了很多年。我之所以能在35岁时辞去固定工作，不仅是因为我可以以写作为生，我的理财规划也功不可没。

然而，D到了50岁都做不到这一点。为了弄清楚这究竟是怎么回事，我们要把目光投向过去。

## 我和D：第一份工作

我和D同时参加工作。我们被派遣到海外，开始时的收入水平都差不多。我们都住在香港，在这里生活开销可是很高的。当时，我们只是刚入行的金融分析师。像我们这种收入的人在这个城市里生活，一不小心就会变成月光族。我习惯存钱，而 D 却和我不同。D，还有其他一些我们这个级别的分析师，都在外籍人士小区租房。这些小区的房子更加豪华，距离上班地点也更近一些。我则选择在更简朴、更本地化的小区租房，这里的住户大多是中国人，而距离上班地点也更远一些。我每个月要支付的房租是 1500 美元，而其他人则要支付 3000 美元。单就房租这一项，和其他人相比我每个月能多省下 1500 美元，一年算下来就是 18000 美元。我们除了薪水还有分红，大约每年 60000 美元收入。也就是说，我只是选择条件稍次的住所每年就能省下相当于收入 30% 的款项。

在其他方面我也能省下钱来。我宁愿在家吃饭也不下馆子；我在休闲旅游上的花销也很少；我乘坐公共交通工具而不坐出租车。尽管我节衣缩食，但我还是可以尽我所能地享受生活。无论你住在哪里，香港的生活都很棒。有些朋友觉得我是个怪人，只不过他们没有明说。在五年之后，我已经拥有一笔可观的存款了，而其他人却没有。的确，当时在居住方面，他们远胜于我。然而过了一段时间之后，我觉得自己可以过上更好的生活，不用再给大公司当牛马了。

### D——懂得享受生活的人

我不停存钱，而 D 从来不存钱。那是 21 世纪初期，"人生仅一次,享受每一刻"这样的理念还没有成为时尚。然而,早在这一理念成为主流之前,D已经将其融入自己的生活之中。他在名为"半山区"的豪华住宅区租房。他的住所是一套豪华公寓,在他家里可以看到香港海湾的壮丽美景。每个上门拜访的人只要看一眼他的家,都会赞叹不已。他对自己的居所进行了精心装修,配上了昂贵的家具和艺术品。他家里有一个做工精细的吧台,配上水晶酒瓶和从世界各地搜罗来的陈年威士忌。上门的客人夸赞D"品位很高",还说他"懂得享受生活"。我们在银行的薪水逐渐提升,D的生活方式也跟着升级。他搬进一栋更大更漂亮的房子居住。他的家庭成员也在增加。他有孩子了,所以要换更大的房子。他还新买了一辆豪车,办了乡村俱乐部的会员。可他的存款一直少得可怜。然而,正如人们所说的——"人生仅一次,享受每一刻!"这话没错,可唯一的问题在于"人生仅一次"意味着你要走完这段人生路,就需要好好规划整个人生,而不是只看眼前。

## 投资

我不仅存钱,我还学会了投资。当时我对股市投资没什么概念。在我从事第一份工作几个月后,我在一个同事的帮助下开设了证券账户。我把当时的全部积蓄投入股市,购买了价值5000美元的股票。当时我不过是个股市新手,我购买的是我为之工作的公司——百富勤公司的股票,因为我根本不了解香港的其他公司。而此举是新手会犯的错误——我没有使自己的投资多样化，只投我为之工作的这家公司，后来我为此付出了代价。在1997年的亚洲金融危机中，百富勤公司破产了，六个月后倒闭了。我不仅丢了工作，而我购买的百富勤公司股票也变得一文不值。人们总是说股市有涨有跌，而我的第一笔投资就这样打了水漂。我的愚蠢之举让我失去了第一笔存款。当时我差点就要赌咒发誓永远不碰股市了。

百富勤公司倒闭之后，我转而去高盛工作。我的新同事们也喜欢进行股市投资。他们身处香港，却要追踪美股行情。由于时差关系，他们只能在深夜关注美股市场。他们把钱投入科技公司。当时是21世纪初期，在互联网泡沫的作用下，科技公司的股价一飞冲天。我抵挡不住诱惑，再次把钱投入股市。这次投资的结果还不错——至少在当时还不错。我已经从上次的错误中汲取教训，不再把鸡蛋放在一个篮子里。我购买了一只多元化科技指数基金。

之后，我根据当时的股市热门购买了一些公司的股票，不过份额都不多。这些公司包括双击公司（一家互联网广告公司）、Tenfold公司（不清楚是干什么的，不过据说是软件公司），还有易趣（eBay）。我也购买了一些非科技公司的股票，如联邦快递公司。我认为，电子商务的兴起意味着包裹派送业务会增加，因此快递业也会兴盛。联邦快递公司的股票还不错，可我购买的热门科技公司股票先是一飞冲天，然后一跌到底。互联网泡沫破裂了，股市受到重创。我损失了更多的钱财。不过这次我把大部分钱投入指数基金，而这一基金反映了股市指数的变化。股市指数是对股市龙头企业的总体评判，指数基金从本质上来说是一种多元化的股票投资组合。在市场下行时，我的指数基金也跟着下跌，不过还不至于下降至零。我损失的大部分是收益，而我的本金并没有损失。

后来，我对股市投资有了更深入的了解。我阅读这方面的书籍，遵循沃伦·巴菲特[1]的价值导向方法进行投资。我学会了进行适当调查，学会如何选择好公司的股票。我尤其青睐那些产品为我所用或为我所爱、股票市盈率处于合理区间的公司。所谓的股票市盈率是衡量股价是否合理的关键指标。我购买了麦当劳、星巴克和苹果的股票——而这些都是我使用或消费的品牌。我还在印度购买了房产。早在25年前，当我打第一份工时我就开始尽我所能存钱投资。我在第一代苹果机问世时就开始购买苹果公司的股票。从那时起到现在，我的多笔投资都翻了几番。

我之所以说这些，不是为了炫耀我投资理财的能力。我只是想说在我打工或写作的同时，挣钱、存钱、投资一直都是我生活的一部分。我和D的唯一差别在于我挣的钱变成了存款，而存款又变成了可以增长的投资；而D把他挣到的大部分钱都花

> 在我打工或写作的同时，挣钱、存钱、投资一直都是我生活的一部分。

---

1 沃伦·巴菲特（Warren E.Buffett, 1930—）：美国投资家、企业家。

掉了，他从来不会存钱或投资。这意味着 D 在 50 岁时，必须尽快找一份工作以支付生活的花销。而我却无须找工作，不用重返打工人行列——但愿永远都不用再为人打工！这是不是一种奢侈呢？当然是。可我之所以能拥有这种奢侈，是因为之前我放弃了其他奢侈。我是不是运气好？没错。如果你长期留在投资市场中，坚持不退场，市场会以好运来回报你。D 本可以做出这样的选择，获得好运的青睐，可他并没有这么做。

## 你的财富密码：挣钱，存钱，投资

你之前在这本书中读到的规则都是为了帮助你获得成功，成为人生赢家，而这也包括能挣到更多的钱。然而，仅仅会挣钱是不够的。你能否积累财富不仅取决于你挣多少钱，还取决于你如何存钱以及投资。挣钱，存钱，投资——大多数普通人就是通过这种方式发家致富的。这是否需要很长一段时间？是的。这是否意味着在生活中有所舍弃？没错。这是否意味着当你变成富人的时候你已经老了？是的，可至少你已经实现积累财富的目标了。如果你拥有可观的财富，你最终可以实现阶层跃升，获得全然不同的更高地位。当然，你可以用挣到的钱购买诸如名牌服装之类的奢侈品，但更重要的是你还可以使用这些钱来换取 D 所谓的"奢侈"——选择不做打工人。谁会在意你家里的昂贵地毯和画作呢？无论何时都可以想辞职就辞职，无须担心钱财问题——这样的"奢侈"你不想要吗？这才是真正的奢侈，不是吗？

## 投资

这本书并不是帮助你成为投资专家的教材。如果你想对投资有所了解，你必须研读投资理财方面的书籍。这类书籍有很多，其中一些还是很不错的。

当你进行投资时，请谨记以下几个基本要点：

### 第一步：挣钱和存钱

如果你想通过投资来实现财富增长，第一步就是挣钱。这意味着你要找到一份薪酬丰厚的好工作，或者自己拥有可以盈利的公司。只有这样你才能从收入中划出一部分存起来。为了找到这样的工作，你必须拥有好学位/工作经验/牢固的人脉网络。而拥有一家公司则要花上好几年的时间。与此同时，无论收入多少，你都要尽力存钱。我曾就这个话题制作了一个视频放在YouTube上，标题就是"适用于任意收入水平的存钱法则——月入1万、2万、5万、10万"。在你收入不多的时候，你只能存下很少的钱。这点钱不能让你一跃而成为有钱人，不过却有助于你养成存钱的习惯。

## 第二步：投资

当你有了存款之后，下一步就是进行投资。

从长远利益来看，股市投资通常能带来丰厚的回报。股市收益可以抵消通货膨胀，其收益率也高于定期存款利率。股票的流动性强，而这也意味着你可以轻而易举地出售股票换回现金，你也可以购买指数基金或合股投资基金。我也就这一主题制作了视频，如果你感兴趣也可以看一下。我认为，和购买某一家公司的单一股票相比，投资指数基金或合股投资基金可以降低投资风险。对于希望每个月进行固定数额投资的打工人而言，定投（Systematic Investment Plan, SIP）是一种有效投资方法。股市投资的一大缺点就是股市会下跌，有时候下跌得非常厉害。不过从长远来看，股市更可能向有利于你的方向发展，而你也有机会赚到钱。

另一个投资大方向是房地产投资。这需要投入更多的钱，而且房地产投资的流动性更差，这也意味着要把房地产转化为现金没那么容易。在一般情况下，你无法像卖出股票或债券一样迅速出售房地产。在短期内，房地产的价值可能上涨，也可能下跌。房地产要价不菲，需要投入大笔资金。只有当你拥有非常可观的存款才能进行房地产投资。在购买一处房产或地产时，你要确保此处产业具有较好的价值，确保未来能从中获取丰厚的利润。

还有其他类别的投资，例如买卖黄金和贵金属。我没有进行这一方面的投资，因为我觉得贵金属投资市场难以理解。我也不喜欢加密货币。加密货币市场太过情绪化，投机性太强，其运作更多的是依赖投资者的信心，而非遵循基本的商业规则。当你进行股票投资时，你实际购买的是一家公司或几家公司的部分股份；当你进行房地产投资时，你购买的是房产或地产。然而，加密货币并没有和任何有形资产发生关联。或许投资加密货币能让某些人赚到钱，可是对我来说却不适合，我也不会向读者推荐这一理财方式。

此外还有诸如天使基金、风险投资以及私募股权之类的投资方式。然而对一般人来说，这些方式太过复杂，或许并不合适。虽然进行这类投资偶尔会带来巨额回报，然而其风险较高，流动性较差。我再次声明：对于非专业投资者，我不建议采用这样的投资方式。

## 不进行投资的风险

有的人不喜欢风险性投资。他们挣钱，也存钱。然而，他们更喜欢持有现金或定期存款。这是典型的印度人存钱方式。我们的父辈和祖父辈喜欢定期存款。当然，存定期好过存活期，也好过把现金藏在枕头底下。定期存款也是流动性资产，银行甚至还会付一定的利息给你。然而，定期存款利息收入是要纳税的。扣除税费之后，定期存款利息净收益率有时还低于通货膨胀率。因此从长远来看，存定期会让你的财富减少，而股市投资给你带来的收益则更高。如果你为了获取利润而出售股票，你也要为自己获得的收益纳税，即缴纳资本利得税。不过资本利得税的税率低于任何形式的定期存款利息税。

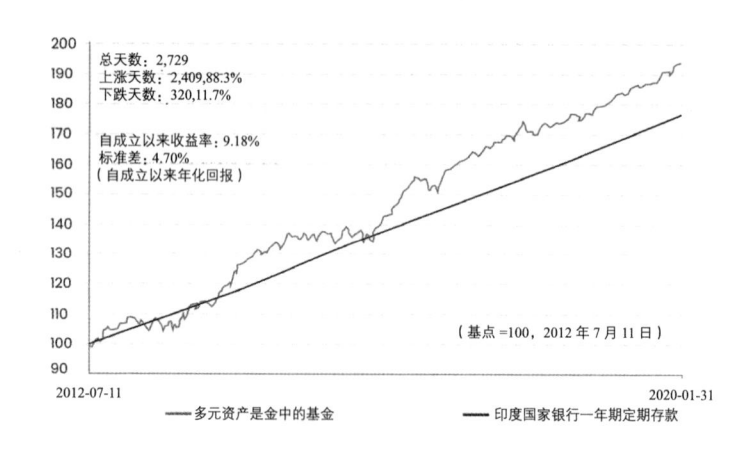

```
总天数：2,729
上涨天数：2,409,88.3%
下跌天数：320,11.7%

自成立以来收益率：9.18%
标准差：4.70%
（自成立以来年化回报）
```

（基点=100，2012年7月11日）

多元资产是金中的基金　　印度国家银行一年期定期存款

时间段

年定投10印度卢比于股市基金（Nifty 50指数增长5%）与5%一年定期存款收益率对比

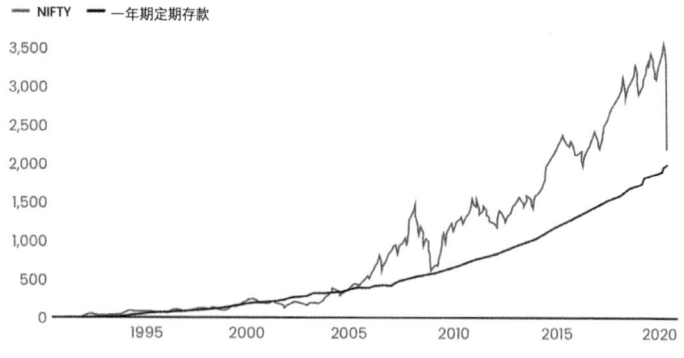

1991年1月—2020年3月

NIFTY　　一年期定期存款

股市收益 VS 银行定期存款收益

## 关于"挣钱、存钱和投资"的最后思考

你要挣钱，但你的花销要远小于你的收入。把钱存起来，进行投资。说真的，就是这么简单。对某些人来说，存钱和投资是很自然的事。然而其他人却需要学习。在学习理财的过程中，你可以得到理财建议，掌握理财技巧，学会使用金融工具。然而真正的收获是学会调整自己的生活方式。为了投资未来而放弃目前正在享受的某种奢侈——你能做到吗？你能延迟满足吗？如果你都能做到，那么你就能过得比别人更好。

> 你要挣钱，但你的花销要远小于你的收入。把钱存起来，进行投资。说真的，就是这么简单。

这是否意味着你永远也不能享受？这是否意味着你再也不能旅游，不能去高级餐厅吃饭，不能花钱买高价牛仔裤或昂贵的手机？偶尔为之当然可以。不管怎么说，人生就是要过得尽兴。你当然要过得开心，但不能以你的未来为代价，不能因追求享乐而失去成就最佳自我的机会。成为富人有助于你实现阶层跃升，金钱能赋予你和你的家人更高的社会地位，能为你们赢得尊重。金钱同样能为你提供一系列选项，让你得以随心所欲地享受自己的人生——事实上，这正是财富的真正力量，也是我们必须挣钱、存钱和投资的真正目的。

## 要点：

- 你要挣钱，但你的花销要远小于你的收入。挣钱，存钱，然后投资。
- 或许这个世界推崇"人生仅一次，享受每一刻"。的确，人生仅有一次。然而这也意味着你要走完自己的人生路，意味着你要对自己的一生进行规划，而不能只看眼前。
- 仅仅挣钱是不够的。你还要积累财富。为了实现这一目标，你必须通过实践，在进行理财投资时做出精明的抉择。
- 对于某些人来说，存钱和投资是很自然的事。如果你不是这种人，你就要学习这方面的知识。最重要的是你要学会如何为了投资未来而调整目前的生活方式。

"挣钱、存钱和投资。有道理,"维拉杰说,"可是要实现这一目标,我还有很长的路要走。我首先得挣钱。"

今天我在一家新开张的餐厅点了外卖,外卖盒上贴着"健康汉堡"的标签。我纳闷世界上真有"健康汉堡"这种东西吗?

"没错,第一步就是增加收入。"我说。

"而增加收入意味着我要增加自己的价值,我要提升自我。"

"说得对,希望这条规则对你有用。"

我打开外卖盒。这个汉堡是用杂粮面制成的,没有经过油炸;汉堡的夹馅主料是经过烘烤的鹰嘴豆,也没有经过油炸;汉堡里没有奶酪或蛋黄酱。在我眼里,这就是一份健康菜肴,只不过做成汉堡的样子。我盖上盒盖。

"这段时间我每天都给您送午餐外卖,每天都上这里来。我会想念这段时光的。"维拉杰说。

"我也会想念你。你还是可以上我家来。再说了,我还要叫外卖啊。"

"可我不会来了,我不会再给您送外卖了。"

"怎么了?"

"因为我要辞职了,"维拉杰说。"我要改变自己的人生。只有当我改变了自己的人生,我才会来见您。"

"你是说真的?"

"真的。只有当我实现阶层跃升,跨越自己的阶层,我才会来见您。"

"你肯定能成功的。"

"到时候我会请你出去吃饭……我请客。"维拉杰面露微笑。他的眼中闪烁着坚毅的光芒。

"当然!"

维拉杰站起来。我们拥抱。他紧紧地拥抱我,过了好一会儿才松开。

"谢谢您,"他说,他的眼睛湿润了,"我希望自己不会让您失望,不会让我自己失望。"

"不会的。"我说,我直视他的眼睛,"我对你有信心。"

"谢谢您,这对我来说意义非凡。"维拉杰拿起背包,离开了。

我看看外卖——那份失去灵魂的汉堡。我不知道该拿它怎么办。

# 结语

你注定成为何种人物，这完全由你自己来决定。
　　——拉尔夫·沃尔多·爱默生[1]

谢谢你坚持看到这里。如果你一直读到这一页，这表明你拥有某种特质。你不甘心在平庸中度过一生。这种不甘心如同火苗，在你的心头跳跃。你想要成功，你想让自己的人生变得更好，你知道你可以拥有更多。你明白自己有能力做得更好，但不知怎的，你一次又一次地失败，无法实现自己的目标。再也不会这样了。现在你要下定决心，遵循这十一条规则，以一己之力实现目标。你将度过有意义的一生，而你人生的意义就是成就最好的自我。我敢保证，到时候其他人会为你取得的巨大成就而惊叹，就连你自己都会觉得意想不到。

在印度，一般人无法轻而易举地取得成功。牢固的阶层铁门

---

[1] 拉尔夫·沃尔多·爱默生（Ralph Waldo Emerson, 1803—1882）：19世纪美国著名诗人、思想家。

为你设下阻碍，让你无法跻身更高的阶层；阻挠的毒焰和羞辱的利箭纷纷向你射来；你前进的道路上布满了艰难险阻；锁链套在你的身上，妄图将你锁在原地。然而，你要背起自己的背包，穿上登山靴，披上铠甲，准备攀登那座险峻的阶层大山。

很难吗？没错。

你能爬上去吗？当然。

这么做值得吗？当然值得！

## 幸福与欢乐

为了追求成功，你即将踏上这艰辛的旅程。在这个时候，我想提醒你不要忘了更重要的事——幸福。归根到底，我们之所以追求成功，都是为了获得幸福。如果你不幸福，哪怕你拥有全世界最成功的人生，那也毫无意义。

我鼓励你踏上这漫长而艰辛的旅程；我告诉你为了保持身体健康，为了实现职业目标，你要自律，要努力；我希望你能控制自己的情绪；我希望你能提升英语水平，磨炼构建人脉的技巧；我告诉你要吃掉"大象"，成为"蟑螂"；我告诉你要承担责任，学会存钱和投资。你要做的还有很多。

无论你现在的工作是什么，请用积极的眼光来看待工作。但是，你不能只是工作，还要时不时休息一下，进行娱乐。我不是严厉的军训教官，也不想让你过地狱般的生活。我喜欢娱乐。我参加聚会，旅行，和密友闲聊，漫无目的地在网上冲浪。有时我还会喝酒，吃各种不健康的食物。不管怎么说，人生就是要尽兴。只有一点需要注意：在享受这些乐事时都清醒地意识到自己正在做什么，并且注意适度。

享受这有限的人生吧。就算你还能活 50 多年，那算起来也就只有大约 2500 个周末。你要好好利用每个周末的时光。你要幸福，也要为他人带来幸福；你要爱你自己，也要爱他人。在努力工作之后休息放松，娱乐身心，让自己神清气爽，焕然一新，然后继续努力工作。就是这样。

如果你照着这本书去做，你的生活就会变得很忙碌。然而，你为之忙碌之事要对你而言至关重要，能让你变得更好。你会终此一生朝着自己的人生目标迈进。如果你真能做到这一点，你就不会觉得辛苦。举重或跑步很辛苦，学习学到深夜也很辛苦。然而，一旦你赋予这些行为活动积极的意义，你的想法也会随之改变。你不会说"天啊，我不得不做这件事"，而是说"哇，我要去做这件事"。

为了完成这本书，我不仅花费了时间，在写作过程中我还要约束自我。很多时候当我坐下来准备完成当天的写作任务，我都会想："哦，不，我不想再写了！"当我开始写作，词句仿佛也开始缓慢流动。这时候我会想："好吧，我要写这本书。我以写作为生，这本来就是值得赞叹的事。而写书还能帮助他人，这简直太棒了。"尤其值得一提的是，写这本书有助于我说出一些我从未提及的事。出于某种原因，我认为这本书的读者都是我可以信任的人。我为自己可以和读者们分享这么多涉及个人隐私的故事而感到庆幸。我之所以和你们分享自己的故事，是为了说明我也知道在困难重重的环境中成长意味着什么，而如果我能成功，你们也可以。

这本书能帮助你们——我的读者。但反过来，你们阅读此书也帮助了我。我为此表示感谢。我们都是有过去的人，我们都有一些痛苦的回忆。我们都有缺点，而关键在于不停努力，提升自我。

如果这本书对你有帮助，又或是你想和我分享你的故事或想法，欢迎与我联系。你的经历能给他人带来鼓舞。如果你喜欢这本书，你可以通过自己的社交媒体账号或 WhatsApp 群组来分享你的心得。如果你觉得这本书对其他人有帮助，你可以考虑将其作为礼物赠送给他们，帮助他们改变自己的人生。而对我来说，这将会是最好的礼物，对于所有书籍和出版业整体而言也是如此。而这也是最好的报答方式。

祝福你！

## 五年之后

我们会面的地点是古尔冈的跃升咖啡馆。这间咖啡馆空间开阔,装饰豪华,配有皮沙发和铜饰台灯。这里看起来更像是五星酒店的大堂,而不仅仅是喝咖啡的地方。

"很高兴见到你。"我边说边和维拉杰握手。

维拉杰穿着深蓝色的西装和挺括的白衬衫,打扮得干净利落。他拥有结实的手臂和扁平的腹部,看来他的身材保持得很不错。他看起来更年轻了,仿佛是五年前我见过的那个维拉杰的弟弟。

他把我引到一张桌旁。

"这地方很漂亮,"我说,"你很会选地方啊。"

"谢谢夸奖。"他说。

几周前维拉杰和我联系。在那之前我们已经很久没有联系了。他告诉我他已经搬到了古尔冈,如果我有机会去那里,他希望能和我见一面。我刚好要去德里进行一场励志演说,于是我们说好在演说结束后见一面。

"你就这样消失了,"我说,"不见了。"

"我不得不这样做,我要混出点人样才能来见您。"

侍应生给我们端来两杯黑咖啡。

"那你后来怎样了?"我说着啜饮了一口黑咖啡。

"我辞去了佐马托的工作。在那之后,我和几个餐厅经理会面,想找一份餐厅的工作。他们也给了我一份工作,让我当侍应生。他们说如果我想成为经理就要先去餐饮专科学校读书,读酒店管理专业。"

"哦。"

"要读酒店管理专业还要通过入学考试,我决定参加考试并为此做准备。我考过了……我考进了德里的印度酒店管理学院。"

"这可是酒店管理领域最好的学校之一。"我说。

"当时我整日整夜地备考。"

"干得好。"

"谢谢夸奖。在印度酒店管理学院,我努力学习。我不再浪费时间刷手机了,我销掉了 INS 的账号。除了学习必修课,我还学会了如何烹制不同的菜肴。"

"很棒啊,维拉杰。"

"我开始跑步,在学院的健身房运动。我的身体状况也变得更健康了。在学业上,我以全班数一数二的成绩毕业了。为了能在面试中有更好的表现,我提升了英语水平。后来泰姬酒店和欧贝罗伊酒店都给我发了聘用通知,他们愿意聘我为酒店管理见习生。"

"太棒了！那你现在是在泰姬酒店还是欧贝罗伊酒店工作？"

"我在泰姬酒店干了一年。在那里，我碰到了很多有钱的客人并和他们结识，构建了我自己的人脉。其中一个客人打算投资开一家新型的高级咖啡馆。他需要一个合伙人。他投入金钱，而合伙人则以负责经营咖啡馆的形式入股。"

"然后呢？"

"泰姬酒店的工作真心不错，薪水高，酒店也很有名气。不过这是一条舒适安逸的坦途，而我选择迎难而上——就像您说的那样。我辞去了酒店的工作，成了咖啡馆的合伙人。我们开了跃升咖啡馆。"

"跃升？你是说这里？"我说着伸开双臂，指指周围这豪华的环境。

"我之所以选择这里作为我们会面的地点，正是因为……好吧，这就是我经营的咖啡馆。"

我看向维拉杰。他坐在那里，挺直身子，浑身洋溢着自信和自豪。我的眼睛变湿润了。

"我们打算在孟买、班加罗尔和德里再开三家连锁咖啡馆。已经有七个投资者对这一计划表示了兴趣。今天晚上，我还要去其中一个投资者家里参加聚会。"

"哇，维拉杰，"我轻声说，"你成功了。"

"我还有很长的路要走，奇坦先生。但我的确成功了，我实现了阶层跃升。"

"没错,你的确实现了阶层跃升,真了不起啊!"

我们站起来,相互拥抱。

"谢谢您把我引上正轨,谢谢您帮我爬起来,实现阶层跃升——这也是为什么这家咖啡馆叫作'跃升'。"维拉杰说。

"这都是你努力的成果。"我说。

他指指咖啡馆的门口。六七个分属于不同外卖公司的送餐员正坐在自行车上,等着接单。

"看看那儿,奇坦……那些孩子,我曾经是他们中的一员。我身体状况不佳,孤身一人,愁眉苦脸。在我遇见您的那一天,我为失去阿琵塔而哭泣。我永远也不会忘记自己原来的阶层。"

"你找到人生中的真爱了吗?"

"就目前来说,我爱自己,爱我的工作。我肯定我的真爱最终会走进我的生活。今天晚餐时分我将会遇见许多女孩子。假如我有时间约会就好了!"他说着笑了起来。

"你真是个大忙人啊。"我说。

"的确。还有,阿琵塔还给我发短信了。"

"哦?她怎么样?"

"我也不清楚。她想知道我的近况,我们俩打算找个时间见个面,吃个饭,不过嘛……"他话没说完就停下不说了。

"不过什么?"

"正如我刚才说的,我能挤出时间来就好了。再说吧。"他说。

我们相互对视,面露微笑。

我和维拉杰走出咖啡馆。他微笑着和那些等着接单的外卖送餐员握手。

当我钻进车里坐下来,我对他说:"别光顾着工作,也要享受人生啊。"

"我会的。不过老实说,对我来说提升自我就是人生最大的享受了。"维拉杰说。在我开车离开时,他和我挥手道别。

# 致谢词

我用毕生经历为原料，写就了这部书稿。这样一本书的致谢词该怎么写呢？在我一生之中，我遇见了很多人，而他们以其独特的方式，塑造了我的思想，影响了我的行为，乃至造就了我这个人。我是否应该感谢他们所有人——包括那些在我的人生中为我制造困难的反对派？或许我也应该感谢他们。

如果没有他们为我设下各种障碍，没有他们对我表示不信任，没有他们故意伤害我，没有他们阻挠我的成长，没有他们贬低我羞辱我，我也不可能如此激烈地进行反抗。我不想引起争端，因此也不会在这里罗列这些人的名字。不过当他们看到这本书，他们肯定会明白的。说真的，谢谢你们！谢谢你们让我变得更加坚强。没有你们制造的重重阻碍，我也不会变得如此坚韧、如此能干。谢谢你们！

当然了，我更要感谢那些对我的人生产生正面影响的人。幸运的是，这些人的数量远多于产生负面影响的人。我的母亲是很好很好的人，正是她鼓励我不懈努力，奋勉向前。即使在我痛苦的童年时期，她也教会我要面带微笑，在糟糕的环境中寻找亮点。她相信我，鼓励我不停努力；她告诉我一切会变得更好，而努力能让我获得成功。如果没有她，我或许会放弃。实际上，有很多次我差点就要放弃了，如此一来就不会有这本名为《给外卖员的十一课》的书了。谢谢你，妈妈！

此外我要感谢的人还有老师、银行业从业者、出版商、电影制片人、媒体界人士、品牌商、企业集团和活动组织方。当然了，我还要感谢你们——我的读者。在我人生的不同阶段，你们都对我表示信任，而且你们的信任持续不断，一直延续下去。谢谢你们所有人！我想感谢的人很多，如果把每个人的名字都列出来恐怕能写满一本书。但我还是要说，如果没有你们的支持，我不可能取得这样的成就。如果我一事无成，我又怎么可能以自己的经历为基础写就这本书？

我还要感谢，感谢专门为了这本书给予我帮助的人，这些人包括：

茜妮·安东尼，近二十年来她一直是我的编辑和好友。她给予我宝贵的指导和支持。

最早一批阅读本书书稿并给予有价值反馈的读者：巴克提·巴特、伊沙恩·巴哈特、贾汀·吉恩、妮米莎·伊丽莎白·迪恩、施扬·巴哈特、维尼莎·费尔南德斯和维拉利·吉恩。谢谢你们提供的帮助，以及就本书提出的建议。

哈珀·柯林斯印度出版公司的编辑们，以及全体市场推广、营销、社交媒体和出版生产部门的员工；为网上书店送货的快递员，正是你们把书籍送至全国各处；书店的店员以及机场车站书报摊的售货员。

我还要感谢在社交媒体上（Facebook、INS、推特、Threads以及YouTube）关注我的所有粉丝，我向你们所有人表示感谢，尤其是那些在我的励志演说和视频下进行评论反馈的粉丝。你们的反馈反过来也有助于提升这本书的质量。

我还要感谢我的家人——他们是我人生的支柱。我要感谢我的母亲蕾克哈·巴哈特、我的妻子阿娜莎、我的孩子施扬和伊沙恩；我还要感谢我的弟弟克坦和我的侄子雷恩；我还要感谢我的姻亲们——安纳斯瓦米·苏里扬纳雷亚和卡帕纳·苏里扬纳雷亚，阿纳德、普宁玛以及他们的孩子阿纳亚和卡伦。谢谢你们给予我的支持。

# 参考文献

1. Huberman Lab Podcast: https://www.youtube.com/watch?v=h2aWYjSA1Jc

2. Joseph Troncale, 'Your Lizard Brain: The Limbic System and Brain Functioning', Psychology Today, 22 April 2014, https://www.psychologytoday.com/us/blog/where-addiction-meets-your-brain/201404/your-lizard-brain

3. Anna Lembke, *Dopamine Nation: Finding Balance in the Age of Indulgence*, Dutton, 2021.

4. Daniel Z. Lieberman and Michael E. Long, *The Molecule of More: How a Single Chemical in Your Brain Drives Love, Sex, and Creativity—and Will Determine the Fate of the Human Race*, BenBella Books, 2019.

5. Data sources: www.sbi.co.in, www.nseindia.com, www.amfiindia.com, and www.equitymaster.com

# 声明

本书为非虚构作品，但部分章节包含虚构化情节，涉及现实中的地点、公司及品牌。这些内容旨在提升叙述的生动性与现实感，所使用的名称与品牌仅为叙事所需，并不构成事实陈述。作者与书中提及的任何公司、机构或品牌无任何关联，相关品牌均属其各自所有者。

书中人物维拉杰·舒克拉及与其相关的所有对话纯属虚构。如有雷同，实属巧合。书中所涉及的情节，包括人物及其对话均为作者虚构创作，无意影射任何真实个体或事件。部分姓名和可识别信息为保护当事人隐私已作更改。

书中观点与主张为作者个人意见，相关事实为作者本人提供。部分对话经过创作与补充，部分事件经压缩、润饰处理，所以出版方不对相关内容的准确性或完整性承担责任。

此外，任何读者因依赖本书内容所给出的方法，而采取的行为而引发的后果，作者与出版方概不负责。

图书在版编目（CIP）数据

给外卖员的十一课 /（印）奇坦·巴哈特著；梁颂宇译 . -- 成都：四川文艺出版社, 2025.7. -- ISBN 978-7-5411-7370-7

Ⅰ. I351.65

中国国家版本馆 CIP 数据核字第 20253BB243 号

Copyright © Chetan Bhagat 2024
Inside illustrations by Baani Luthra
Chinese Simplified Characters Rights translation of "11 Rules for Life: Secrets to Level Up"
First published by Beijing Zito Books Co., Ltd., 2025
By arrangement with HarperCollins Publishers India Private Limited
© Chetan Bhagat
The Publisher has ensured that the author asserts the moral right to be identified as the author of the work.

版权登记号：图进字 21-2025-151 号

GEI WAIMAIYUAN DE SHIYI KE
## 给外卖员的十一课
［印］奇坦·巴哈特 著　梁颂宇 译

| 出品人 | 冯　静 |
|---|---|
| 责任编辑 | 范菱薇 |
| 装帧设计 | 紫图图书 ZITO® |
| 责任校对 | 段　敏 |

| 出版发行 | 四川文艺出版社（成都市锦江区三色路 238 号） |
|---|---|
| 网　　址 | www.scwys.com |
| 电　　话 | 010-64360026-103（发行部）028-86361781（编辑部） |
| 印　　刷 | 艺堂印刷（天津）有限公司 |
| 成品尺寸 | 145mm×210mm　开　本　32 开 |
| 印　　张 | 7.75　　　　　　　字　数　152 千字 |
| 版　　次 | 2025 年 7 月第一版　印　次　2025 年 7 月第一次印刷 |
| 书　　号 | ISBN 978-7-5411-7370-7 |
| 定　　价 | 55.00 元 |

版权所有·侵权必究。如有质量问题，请与紫图图书联系更换，010-64360026-103